코로나바이러스 전쟁의 배후

은밀한 제국

- I부 -

제임스리 지음

시커뮤니케이션

머리말

역사를 뒤흔든 충격적인 사건들 뒤에는 뭐라 설명할 수 없는, 합리적인 의심이 드는 보이지 않는 힘이 작동되곤 했다. 그렇게 세계사는 순탄한 길을 가다가도 결정적인 순간마다 뒤바뀌면서 지금에 이르렀다.

세계사를 찬찬히 살펴보면 1929년의 세계 대공황, 아시아 금융위기 등 각본에 나와 있는 순서에 따라 탐욕스러운 '그들'이 이 세계를 원하는 방향으로 이끌어나가고 있음을 어렴풋이 감지할 수 있다.

그렇다면 '그들'의 다음 목표는 무엇일까?

그 목표를 위해 '그들'은 이번에는 어떤 수단을 동원할까?

혹시 여론에 힘입은 코로나바이러스 전쟁을 빌미로 전 세계 주식, 외환, 부동산 시장의 급등락을 통해 외환위기 때처럼 이익을 극대화 하려는 것은 아닐까?

현재 '그들'이 세계의 기축통화인 '달러의 전체주의', 그리고 '금융포용'이라는 기치를 내걸고 현금이 필요 없는 사회를 조성함으로써, 개인 식별정보가 입력된 칩 하나로 전 세계 사람들을 통제할 수 있는 '세계 통일정부'를 배후에서 은밀하게 작업하고 있는 것은 아닐까? 그렇다면 조지 오웰의 소설 [1984]에 등장하는 '빅 브라더Big Brother'의 시대가 재현되는 것은 아닌가하는 우려를 떨쳐버릴 수 없다.

　마지막으로, 그동안 역사에서 제기되었던 굵직한 사건들의 배후에 관한 이야기들이 과연 음모론이었는지 아니면 진짜 사실이었는지는 향후 역사의 시계가 적당한 시간에 소상히 밝혀줄 것으로 믿는다.

저자 제임스리

2021년 2월 대한민국 서울에서

목차

코로나바이러스 전쟁의 배후

은밀한 제국

- I 부 -

제임스리 지음

시커뮤니케이션

은밀한 바이러스 연구소/산마리노

2019년 10월 초 어느 날 오후였다.

웅장한 알프스 산맥의 정취를 느낄 새도 없이 제임스(한국명 이재철) 박사는 스위스 취리히 중앙역 역사에서 초조하게 서성거리고 있었다.

미국 CIA가 최근 모처에서 특정할 수 없는 신종 바이러스를 연구한다는 첩보를 인지하고, 그 실마리를 풀기 위해 감염병학 권위자인 그를 이곳에 파견하였다. 그의 주요 역할은 감염된 사례들을 추적하여 최초의 감염 경로를 명확히 밝히는 것이었다.

CIA 본부에서 파견한, 그와 동행하고 있는 제시카 요원은 근거리에서 그를 보호하는 임무를 맡고 있었다. 30대 중반의 건강미를 가진, 평소 미소를 머금고 있는 그녀의 강렬한 시선은 매우 매력적으로 다가왔다.

이들은 유럽 소국 산마리노에 은밀하게 존재한다는 바이러스 연구소에 대한 첩보에 따라 그곳으로 가는 길이었다. 산마리노까지 가기 위해서는 열차로 이곳을 출발하여 이탈리아의 밀라노, 베로나, 리미니를 거쳐야하는 고된 일정이 이들을 기다리고 있었다. 역사 창문 밖으로 보이는 나뭇가지들 사이로 바람이 요란하게 윙윙거렸다.

'정보가 새고 있어……'

제임스 박사는 혼잣말로 중얼거렸다.

잠시 후 요란한 굉음과 함께 열차가 역사로 미끄러지듯 들어왔다. 이들은 서둘러 열차에 올랐다. 제시카는 잠시 눈을 붙였다. 그러나 열차가 오래되어 그런지 선로를 달리면서 발산하는 불규칙적인 소음 때문에 도저히 잠을 청할 수 없었다. 그는 혼자서 객실을 빠져나와 몇 시간이나 열차 복도를 서성거렸다. 차창을 통해 물밀 듯이 들어오는 이국적인 이탈리아의 밤기운을 오롯이 느낄 수 있었다.

"안녕하세요? 어느 나라에서 왔어요?"

마침 옆에 서있던 20대 후반의 현지 이탈리아 청년이 말을 걸어왔다.

"저는 한국 태생이지만, 현재는 미국에서 살아요."

제임스 박사는 그에게 친절하게 대답했다.

두 사람 모두 잠이 오지 않아 차창을 내다보며 이런저런 이야기를 나누다 보니 꽤 많은 시간이 흘렀다.

이때였다.

딩동! 스마트 폰이 메시지 도착을 알렸다.

"죄송합니다. 메시지가 와서 이만 자리를 떠야겠습니다."

제임스 박사는 청년에게 양해를 구하고 화장실로 들어가, 안주머니에서 전화기를 꺼내 메시지를 확인했다.

산마리노. 산프란체스코 관문. 자유의 광장 옆 골목. 3번째 건물 지하

CIA 본부 담당 과장인 제이슨이 보낸 암호 같은 메시지였다. 그는 메시지를 확인한 후 전화기를 다시 안주머니 깊숙이 집어넣었다. 그러고는 객실로 조용히 들어와 잠에 푹 빠져있는 제시카 요원의 옆 자리에 조용히 앉았다. 열차는 묵묵히 제 갈 길을 달려가고 있었다.

기나 긴 열차 여행 끝에 '리미니 역'에 도착한 시각은 밤 11시

25분. 가만히 생각해보니 이들은 오늘 하루 동안 무려 13시간 넘게 열차 안에 있었다. 이들은 서둘러 역을 빠져 나와 사전에 예약한, 걸어서 3분 거리에 있는 호텔에 여장을 풀었다.

"제시카! 오늘은 너무 피곤한 여정이었죠? 내일 아침 호텔 식당에서 봐요."

"예, 알겠습니다. 편히 쉬세요."

그는 본부에 보낼 보고서는 일단 새벽으로 미루고, 제대로 씻지도 못한 채 납덩이 같은 몸을 침대에 내동댕이치듯 뉘었다.

몇 시간이나 흘렀을까.

상쾌한 향기가 코끝을 자극했다. 그는 눈을 살며시 뜬 후 향기가 나는 곳을 찾아 고개를 돌렸다. 그 향기는 객실 한가운데 있는 둥그런 탁자에 위에 놓인 장식용 장미 송이에서 뿜어져 나오는 것이었다.

잠이 달아난 그는 가방에서 노트북을 꺼내 그동안의 '탐문 보고서'를 요약하여 리포트 오피서Report Officer에게 보냈다.

침대 맡에 있는 시계를 보니 새벽 5시였다.

아직 아침 식사 시간까지는 좀 더 잠을 청해도 되는 시간이었지만 이미 잠이 달아나버린 후였다. 그는 노트북에 나와 있는 오늘 일정을 꼼꼼히 점검했다.

제임스 박사는 사전에 예약한 렌터카에 제시카를 태우고 약 40여분 동안 구릉지대를 달려 산을 지그재그로 올라 산등성이에 이르렀다. 차창 밖으로는 이탈리아의 전형적인 목가적인 풍경이 손을 들어 이들을 반기는 듯했다.

세상에서 가장 오래된 공화국에 오신 것을 환영합니다.

차창 밖으로 이탈리아와 산마리노의 경계선인 국경선의 안내 표지판이 눈에 띄었다. 렌터카로 약 10분 정도 더 올라가니 아름답고 웅장한 성채와 성벽을 올려다 볼 수 있는 광장에 도착했다. 아슬아슬한 낭떠러지에 자리한 성채는 산마리노의 역사를 고이 간직한 채 산을 내려다보고 있었다. 그는 '차량 진입금지' 사인을 보고는 주차 공간을 찾아 광장에 차를 세웠다.

지중해성 특유의 따뜻한 가을 햇볕이 그에게 폭포수같이 쏟아졌다. 지도에서조차 찾아보기 힘들 정도로 작은 나라인 산마리노는 '바티칸 시국'과 모나코에 이어 유럽에서 3번째로 작은,

철도조차 없는 아주 조그만 도시국가이다. 아드리아 해의 바닷바람을 맞으며 자신의 전통과 문화를 지켜온 가장 오래된 공화국 역사를 가지고 있는 동화 같은 분위기의 나라이기도 하다. 이곳은 '티타노 산' 서쪽 산 정상의 요새 아래쪽에 정교하게 만들어진 3중 성벽으로 둘러싸여 있는 철옹성에 위치하고 있으며 지금도 중세의 흔적을 그대로 느낄 수 있는 곳이다.

이들은 산마리노로 통하는 입구인 '산프란체스코 관문'을 통과해 약 50여 미터 정도 걸어 올라갔다. 산마리노 의회가 있는 '자유의 광장'에 이르자 군인들이 의회를 지키고 서 있었는데, 관광객들이 열심히 그들 옆에서 포즈를 취하며 사진을 찍느라 정신이 없었다.

담당 과장이 보내온 '옆 골목 3번째 건물 지하'라는 메시지 내용에 따라 골목으로 천천히 걸어 들어가 어느 건물 앞에 멈춰 섰다. 그러고는 중세 분위기를 온전하게 느낄 수 있는 허름한 석조 건물에 다가섰다. 제임스 박사는 안내판을 찾지 못해 자칫 그냥 지나칠 뻔했다. 그는 건물 앞에서 잠깐 머뭇거리다가 녹물이 흘러내려 지도처럼 얼룩진, 양철로 만든 연구소 안내판을 겨우 찾아낼 수 있었다.

루벤 의학연구소

띠리링!

그가 초인종을 힘차게 눌렀다.

"누구세요? 어디서 오셨습니까?"

이탈리아계 20대 후반의 여성이 문을 열고 그에게 물었다.

"아, 예, 저는 미국 캘리포니아 주 실리콘밸리에 있는 의학 리서치센터에 근무하고 있는 제임스입니다."

"그리고 옆에 있는 사람은 제 동료 제시카구요."

그는 미리 준비한 명함을 내밀었다.

"아! 루벤 소장님과 만나기로 약속한 분 맞죠? 소장님이 안에서 기다리고 계십니다."

제임스 박사 일행은 그녀의 안내를 받아 건물 안으로 들어갔다. 이름 모를 사람들의 초상화가 벽을 따라 가지런하게 붙어있었다.

"여기 소파에 앉으시죠."

파란 눈의 그녀가 이들을 소파로 안내했다.

"제임스 박사님이십니까?"

조금 시간이 지나자 루벤 소장이 모습을 나타내며 특유의 자신감 넘치는 목소리로 물었다. 땅딸막한 키, 테가 굵은 검은 안경, 하얗게 센 머리카락을 가진 60대 후반의 전형적인 유대인이었다.

"예, 저는 미국에서 온 제임스라고 합니다."

"편안하게 앉으세요."

"오늘 저희 연구소를 찾아 온 용건은 무엇이신가요?"

제임스 박사가 인사를 건네자 루벤 박사가 안경 너머로 그를 빤히 쳐다보며 물었다. 루벤 박사의 몸짓이나 말투는 꽤 현학적이었다.

"이 연구소가 혈액에 존재하는 '중화 항체 생산 세포'를 검출하는 연구를 한다고 해서 이렇게 찾아뵙게 되었습니다."

"아, 그러신가요? 몸속의 바이러스를 죽이려면 일단 항체가 필요하죠."

그는 말을 계속 이어 나갔다.

"그래서 저희는 현재 혈액 속에 항체가 있는지 유무, 있다면 얼마나 있는지를 찾아내는 연구를 하고 있습니다."

그는 말을 마친 후 지하에 있는 실험실로 이들을 안내했다.

"그렇다면 면역세포를 다량 확보하고 이 면역세포에서 항체가 생산된다면 바이러스 치료제로도 쓰일 수도 있겠네요?"

"물론이죠."

그는 확신이 가득한 목소리로 대답했다.

이들이 그를 좇아 계단을 내려가자 100평 정도의 지하 실험실이 보였다.

출입문에는 '생물안전밀폐 실험실Biosafety Laboratory'이라는 명칭이 붙어 있었다. 실험실 안에는 하얀 가운을 입은 수 십명의 연구원들이 각종 실험기구 앞에서 몰입하고 있었다.

제임스 박사는 넥타이에 부착된 소형 비밀카메라를 작동시켜 건물 입구부터 1층 내부 구조, 지하 실험실 활동 상황 등을 찬찬히 녹화했다.

약 30분 정도 흘렀을까.

이들은 지하실에서 다시 1층으로 올라와 소파에 앉았다.

"아 참! 벽에 초상화가 많이 붙어있는데 이들은 누구인가요?"

제임스 박사가 궁금해서 루벤 박사에게 물었다.

"초상화 속 인물들은 세계 최초의 국제 은행 그룹을 설립했던 '로스차일드 가문'사람들입니다."

"로스차일드 가문과 루벤연구소는 어떤 관계인가요?"

제임스 박사는 그와 초상화를 번갈아 보면서 물었다.

"로스차일드 가문은 저와 같은 혈통이자 연구소의 든든한 스폰서이기도 하죠."

그는 편안한 표정으로 제임스 박사에게 대답했다.

"아, 그러시군요. 잘 알겠습니다."

제임스 박사는 1층 로비를 둘러보다가 문득 소파 위에 걸려있는 액자 속 글귀에 눈이 고정되어버렸다. 순간적으로 그의 온몸이 오싹하며 소름이 끼쳤다.

"저 소파 위에 걸려있는 액자 속 글귀가 매우 의미심장하게 마음에 와 닿네요."

그가 루벤 박사에게 말했다.

민족이 민족을, 나라가 나라를 대적하여 일어날 것이다 (마태복음 24:7)

"저 글귀 말입니까?"

루벤 박사가 손으로 액자를 가리키며 물었다.

"예."

"저 글귀는 우리 가문의 가훈처럼 내려오기에 이곳에 액자로 만들어 걸어놨습니다."

"평소에도 박쥐를 좋아하시나보죠?"

제임스 박사는 선반 위에 있는 박쥐 박제를 보면서 물었다.

"아, 예……."

루벤 박사는 고개를 끄덕이며 대충 말을 얼버무리는 듯했다.

"성경의 레위기 11장 13절에서 19절까지 살펴보면 '새 중에 너희가 가증히 여길 것은 이것이라. 이것들이 가증한즉 먹지 말지니……박쥐니라.'라고 끝나는 구절이 있다는 것은 아시죠?"

그가 제임스에게 물었다.

"아뇨."

"……."

그는 잠시 무엇인가 골똘히 생각에 잠기는 듯했다.

잠시 침묵이 흘렀다.

"제가 시간을 너무 뺐었나 봅니다."

제임스 박사는 어색한 미소를 띤 채 서둘러 문을 나서면서 말했다. 그의 시선은 여전히 그 액자에 붙박였다.

"아, 괜찮습니다."

루벤박사는 손사래를 치며 말했다.

손사래를 치고 있는 그의 왼손가락에 끼어져있는, 박쥐 문양이 새겨져 있는 금반지가 번쩍이며 잠시 제임스의 눈을 사로잡았다.

"그럼 다음에 또 궁금한 사항 있으면 연락을 다시 드리도록 하겠습니다."

"언제든지 환영합니다."

이들은 건물 입구까지 배웅 나온 그에게 정중하게 인사를 한 후 차를 세워둔 광장으로 찬찬히 걸어 내려오기 시작했다.

이들은 내려오는 길에 이곳 명물인 '콜레조 거리(Cantrada Collegio)'를 지나게 되었다. 좌우를 둘러보니 기념주화와 우표부터 시작해서 중세시대 기사의 갑옷, 칼 등을 파는 상점들이 골목에 즐비했다.

제임스 박사는 3년 전에 방문했던, 스페인의 마드리드에서 남서쪽으로 약 한 시간 거리에 있는 중세도시 톨레도에서 느꼈던 바로 그 분위기를 이곳에서 오롯이 느낄 수 있었다. 마치 톨레도에 와있는 듯한 착각에 빠졌다.

"박쥐, 혈액 항체 연구, 변이 바이러스…."

그는 혼자서 중얼거리듯 내뱉으며 골목을 내려왔다.

"제시카! 오늘 연구소를 본 소감이 어때요?"

그가 고개를 돌리며 그녀에게 물었다.

"마치 우리가 '잃어버린 성궤'를 찾아 헤매는 영화나 소설 속 주인공 같은 기분이랄까요? 호호호."

그녀는 얼굴 전체에 웃음이 번진 얼굴로 말했다.

'어쩌면 그럴지도 모르지……'

그는 그녀의 말에 동의하는 표정을 지으며 걸어 내려갔다.

이들이 주차된 광장에 도착하자 티타노 산 아래로 360도로 파노라마처럼 펼쳐진 풍경은 하늘에서 미끄러져 내려온 구름과 어우러져 동화 속의 한 장면처럼 다가왔다.

그는 차에 오르자마자 노트북을 꺼내 암호장치를 해제한 후 조금 전 비밀카메라로 찍은 동영상과 자료를 본부로 전송했다.

제임스 박사는 민간인 신분이지만, 제시카 요원은 해외에서 정보를 수집하고 공작 활동을 하는 CIA의 케이스오피서Case Officer이다. 외국 첩보원들과 미국의 국익을 위한 방첩 활동을 전개하는 카운터인텔리전스 오피서Counter-intelligence Officer나 케이스오피서로부터 받은 정보를 문서화하여 CIA본부로 보내는 리포트 오피서와는 다른 역할을 맡고 있었다.

특히 그녀는 세계 역사를 뒤흔들었던 '9.11 테러'사건의 주역인 오사마 빈라덴의 은신처를 끝까지 추적해 정확한 정보를 제공함으로써 오사마 빈라덴을 제거할 수 있도록 도와준 혁혁한 공로가 있는 베테랑 요원이었다.

이들이 이렇게 산마리노를 찾은 이유는 다름 아닌 CIA본부 국장의 특별 지시로 신종 바이러스 전파와 관련한, 민감하고 심각한 사안의 실마리부터 찬찬히 풀어보라는 숙제를 안고 있었기 때문이었다.

의문의 사망자 발생/중국 우한武漢

2019년 10월 말, 어느 쌀쌀한 오후였다.

중국 후베이(湖北)성 우한 기차역에서 가까운 허름한 식당에서 50대로 보이는 현지인 두 명이 식사를 하다말고 창가를 내다보면서 목청을 높였다.

"어, 저기 저 사람, 길을 걷더니 그냥 길거리에 풀썩 쓰러져버리네."

"어디, 어디?"

식당에서 점심 식사를 하던 이들은 식사를 중단한 채 창문을 통해 길거리에 쓰러진 사람을 유심히 내다봤다. 건너편 건물에는 삼삼오오 쪽문 뒤에 숨어 거리를 조심스럽게 살피는 주민들도 눈에 띄었다.

"무슨 일 있어?"

같은 50대로 보이는 식당 주인이 주방에서 요리를 만들다말고 손을 앞치마에 닦으면서 이들이 앉은 식탁 창가로 다가왔다.

잠시 팽팽한 긴장감이 돌았다.

바로 이때였다.

하얀 방호복을 입은 채 마스크와 고글로 완전 무장한 사람 두 명이 급히 구급차에서 내리더니 길거리에 쓰러진 60대 노인을 들것에 실어 구급차 안으로 밀어 넣었다. 노인의 입 주변은 보통 폐질환에서 유발되는 하얀 거품과 함께 선혈로 낭자했다.

"어제 식당 뒷골목에서도 이유도 모른 채 몇몇 사람이 픽하고 쓰러졌다는 소문이 있던데 그게 사실이었나봐?"

"나도 그 소문 들었어."

현지인들의 걱정스러운 목소리가 두런두런 들려왔다. 이들의 얼굴에는 겁에 질린 듯 불안한 표정이 역력했다.

이 식당에서 차로 5분 걸리는 거리에는 '화난수산시장'이 자리하고 있었다. 이곳에서는 고양이, 박쥐, 뱀, 도롱뇽, 천산갑 등 야생 동물을 직거래하기도 하고 날 음식으로 파는 식당들도 많이 있어서 이것을 즐기는 많은 사람들로 항상 북적였다.

재래시장 입구에는 현지인들의 눈에 띌 정도로 얼굴에 하얀 마스크를 한 코트차림의 40대 후반의 동양인이 서성거리는 모습이 포착되었다. 제임스 박사였다.

때마침 불어오는 바람에 그의 헐렁한 재킷이 펄럭였다.

우욱!

바람을 따라서 시장 특유의 역겨운 냄새가 불어와 그의 코를 마비시키더니 곧이어 구역질이 났다.

그는 구역질을 억지로 참으며 이곳저곳 좁은 시장 길을 꽉 막고 있는 인파를 헤치고 다녔다. 날 음식을 먹고 있는 현지인들의 모습, 야생 동물들을 꼬챙이에 꿰어 주렁주렁 매달은 상점 등을 사진기에 열심히 담았다.

이번에는 제시카 요원이 이탈리아 로마 주재 미국대사관에 다른 임무로 파견을 나가있는 바람에 제임스 박사 혼자서 이곳에 와서 임무를 수행 중이었다.

일을 마친 제임스는 날이 추운지 옷깃을 여미며 우한 중심가에 마련된 조그만 호텔로 향했다.

"안녕하세요?"

그가 호텔 정문을 들어서자 안내데스크에 있는 20대 현지 여성 직원이 반갑게 인사를 건넸다.

그는 가볍게 눈인사만 건넨 후 곧바로 엘리베이터를 타고 7층에 있는 방으로 향했다.

방에 들어온 그는 하루 종일 무겁게 메고 다녔던 사진기부터 책상에 내려놓은 후 코트를 벗어 옷걸이에 걸었다.

책상에 편안한 자세로 앉은 그는 여느 때처럼 노트북을 열고 암호 장치를 풀은 후 보안 프로그램이 깔려있는 메신저를 통해 CIA본부의 정보 문서를 담당하는 리포트 오피서에게 보고서를 전송하기 시작했다. 보고서 내용에는 이곳 우한 바이러스 연구소 상황, 우한 야생 동물시장, 떠돌아다니는 소문 등이 소상히 적혀있었다.

그는 최근 '우한 바이러스 연구소에서 알 수 없는 사고가 터졌다'는 첩보에 따라 정확한 최초 발병경로를 확인하기 위해 이곳에 오게 되었다.

그는 잠시 부모님을 떠올렸다. 2002년 사스SARS-CoV 발생 당시 한국의 부모님 모두 사스 바이러스 감염으로 목숨을 잃은 쓰라린 경험이 있었다.

제임스 박사는 보고서를 전송한 후, 보안장치가 장착된 특수 전화기로 본부의 담당 과장과 편하게 대화를 시작했다.

"이곳 의문의 사망자들의 입에서 공통적으로 거품이 묻은 혈흔이 묻어나온다고 하는데 이 현상은 폐질환과 깊은 연관이 있는 것 같습니다."

　"바이러스가 폐 깊숙이 침투했다는 증거일 수 있겠네요?"

　"그렇습니다."

　제임스 박사는 잠깐 뜸을 들인 후 대답했다.

　"이곳 사람들이 왜 박쥐를 좋아하는지 아세요, 과장님?"

　"글쎄요……."

　그가 잠시 머뭇거렸다.

　"박쥐는 한자로 '비엔푸(蝙蝠)'인데, 박쥐를 뜻하는 '푸(蝠)'와 복을 의미하는 '푸(福)'의 발음이 같아 박쥐 이름에는 복이 있다고 믿고 있는 것 같습니다."

　"그래서 그곳 사람들이 식용으로 박쥐를 많이 먹는 건가요?"

　담당 과장이 물었다.

　"예, 박쥐를 먹으면 세상의 모든 독을 이길 수 있어 병에 걸리지 않고, 또한 박쥐는 번식이 뛰어나므로 많은 자식을 가질 수 있다는 인식이 옛날부터 이곳에 내려오고 있습니다."

　"그것과 이번 우한에서 발생한 바이러스와는 어떤 연관이 있나요?"

잠시 대화가 끊겼다가 담당 과장이 다시 물었다.

"이번 괴질의 원인으로 우한 바이러스연구소 유출설, 야생 동물 매매시장 유출설 등 여러 확인되지 않은 추측들이 난무합니다. 그러나 확실한 것은 바이러스가 박쥐로부터 전파되었다는 점은 분명합니다."

"박쥐에서 전파되었다는 그 바이러스는 이미 박쥐가 이 세상에 서식할 때부터 존재하지 않았나요?"

과장의 목소리에는 의문이 가득했다.

"아마도 다른 숙주를 통해서 인간에게 옮겨졌거나 중간에 돌연변이 된 것이라는 게 이곳 의학 전문가들의 의견입니다."

제임스 박사가 말을 계속 이어나갔다.

"그리고 한 가지 더 재미있는 사실은 이곳 우한 기차역의 역사 모습이 멀리서 보면 박쥐를 닮았다고 하네요."

"아까 말했던 '복을 의미하는 박쥐'요?"

과장이 재차 물었다.

"예, 그렇습니다. 일단 이번 바이러스 전파 건은 박쥐에서부터 실마리를 찾을 수 있지 않을까 조심스럽게 추측해 봅니다만······."

"아 참! 지난 번 방문했던 루벤 바이러스연구소의 루벤 박사
도 박쥐를 엄청 좋아하는 것 같던데요."

제임스 박사는 당시 기억을 더듬었다.

"그래요?"

담당 과장이 놀란 목소리로 물었다.

"산마리노에 있는 바이러스연구소 로비에서 박쥐 박제를 봤
었고, 본인도 박쥐 문양의 금반지를 끼고 있는 것이 과연 우연
의 일치일까요?"

"현재 루벤 박사가 연구하는 것이 바이러스에 대항할 수 있는
혈액 항체라고 했죠?"

그의 질문은 끝이 없었다.

"예, 맞습니다."

"아 참! 최근 2~3년 사이에 CIA 요원들 몇 명이 이 임무를 수
행하다가 목숨을 잃었는데 그 이유가 정확히 밝혀진 게 있나
요?"

"······."

담당 과장은 대답 대신에 침묵을 지켰다. 그러고는 잠시 생각

에 잠기는 듯했다.

"시간이 많이 흘렀네요."

"항상 몸조심하고 건투를 빕니다."

"예, 감사합니다."

제이슨 담당 과장은 제임스 박사의 안부를 진심으로 염려하는 듯했다. 그는 과장과 인사를 나눈 후 노트북을 닫고 침대로 자리를 옮겼다. 그러고는 천장을 바라보고 반듯이 누웠다.

코로나바이러스 전파는 어쩌면 이미 예정돼 있었던 것인지 모른다는 생각이 그의 뇌리를 스쳐 지나갔다.

어디선가 풍기는 맛있는 음식 냄새가 코를 자극했다.

"이게 무슨 냄새지?"

그는 코를 몇 번이나 킁킁거렸다. 심한 허기를 느꼈다.

5층에 있는 호텔 식당에서 풍겨 나온 현지 특유의 기름기 많은 음식 냄새가 계단을 타고 이곳 7층에 있는 방에까지 고스란히 전달되고 있었다.

그는 침대에서 벌떡 일어나 간편한 옷으로 갈아입고 식당으로 내려가 자리를 잡았다.

딩동!

그가 재킷 왼쪽 주머니에 손을 넣어 스마트 폰을 꺼내 메시지 내용을 살펴봤다.

이곳 현지인 정보원의 문자였다.

제임스 박사는 그에게 급히 연락을 취했다.

"급한 용무가 생겼나요?"

"지금 어디 계세요?"

"지금 호텔 식당에 있어요."

"급히 전할 정보가 있어서 그곳으로 30분 내에 가겠습니다."

현지 정보원은 급히 전화를 끊었다.

"무슨 일이지?"

제임스 박사는 그가 자기를 만나러 온다는 연락에 잠시 긴장했다.

30분 정도가 지나자 CIA에서 주선해준 현지 정보원인 30대 초반의 류셴이 수북한 더벅머리로 식당에 나타났다.

"무슨 좋은 소식이라도 있나요?"

제임스 박사가 단도직입적으로 물었다.

"요점만 말할게요."

"이곳 우한 병원 의사인 리원량(李文亮)이 의사들 모임 단체

방에 최근 의문의 사망자들에 관한 내용을 올렸더니 몇몇 다른 의사들도 비슷한 경험을 겪었다고 말했다고 합니다."

류센은 입을 그의 귀에 바짝 들이대고서는 남이 전혀 알아듣지 못할 정도로 나지막한 목소리로 말했다.

"이것이 관련 정보입니다."

류센은 A4 용지로 약 5장정도 되는 보고서를 식탁 위에 살며시 놓고는 아무 일도 없는 듯 일어나 식당에서 나갔다.

제임스 박사는 그의 뒷모습을 물끄러미 바라보며 잠시 상념에 잠겼다.

이때였다.

딩동!

스마트 폰으로 긴급 메시지가 떴다.

 미국 본부로 철수!

본부에서 담당 과장이 보낸 메시지였다.

제임스 박사는 주문한 만두를 아무 생각 없이 허겁지겁 입에 넣었다. 식사를 마친 후 정보원이 식탁 위에 놓고 간 보고서를 손에 움켜쥐고 방으로 급히 올라왔다. 방에 들어서자마자 정보원이 건네준 보고서와 사진 자료 등을 급히 본부로 전송했다. 그러고는 서랍을 열어 옷가지 등을 주섬주섬 챙겨 여행용 가방에 넣고는 급히 호텔 로비로 내려왔다.

"어디 급히 가시나 봐요? 원래 예약한 날짜를 다 채우지 않고 서둘러 체크아웃을 하시는 것을 보니⋯⋯."

호텔 카운터 여직원이 체크아웃 절차를 밟는 그를 보고 아쉬운 표정을 지으며 진지하게 말을 건넸다.

제임스 박사는 아무 말도 하지 않았다. 그가 행하는 임무의 성격상 보안에 주의하는 습관이 몸에 배어있기 때문이었다. 그러고 보니 호텔에 머무는 동안 직원들과는 단 한 마디도 나누지 않았다는 사실을 깨달았다.

예약한 택시가 호텔 정문에 도착했다. 그가 호텔 문을 나서자 어둠이 뒤를 쫓아오고 있는 느낌이었다.

"어디로 모실까요?" 땅딸막한 30대 현지 택시기사가 물었다.

"공항으로 빨리 갑시다."

그는 이유도 모른 채 마음만 급해졌다. 우한에서 베이징을 경유, 미국으로 향하는 비행기를 타기 위해 공항으로 가야했다.

우한에서 베이징까지는 1151킬로미터로, 승용차로는 약 11~12시간, 고속철로는 약 4시간 이상이 걸리기에, 약 2시간 남짓 걸리는 비행기로 이동하는 것이 최선책이었다.

이곳은 또 하루를 마칠 준비로 거리의 사람들이 제각기 분주하게 움직이고 있었다. 택시의 열린 창문으로 늦가을의 밤공기가 쏟아져 들어왔다.

택시는 진한 먹물을 풀어 놓은 듯한 깜깜한 밤을 가르며 공항으로 질주했다. 거리는 하나씩 그의 시야에서 사라져갔다.

2020년 1월 20일.

미국 버지니아 주 랭글리에 있는 CIA 본부 지하 2층 회의실에서는 국장이 주재하는 '중국 우한 바이러스사태 관련 긴급 실무자회의'가 열렸다.

이 자리에는 각 부서의 실무자인 국무부 과장을 비롯하여 제임스 박사의 담당 과장, 세계보건기구(WHO) 과장, 질병통제예방센터(CDC) 과장, 국립알레르기감염병연구소(NIAID) 과장, 싱크탱크(Think Tank) 경제정책연구소 과장 그리고 관련 보좌관들이 총 출동하는 바람에 회의실은 후끈 열기가 달아올랐다.

"최근 중국 후베이 성 우한에서 발생한 바이러스 상황이 매우 심각하기에 이렇게 긴급하게 회의를 소집했습니다."

60대 초의 어깨가 떡 벌어진 리처드 국장이 안경을 고쳐 쓴 후, 참석자들을 차례로 둘러보며 먼저 말을 꺼냈다.

"내일 백악관에서 대통령에게 우한 바이러스 상황을 보고할 예정이니 돌아가면서 허심탄회하게 보고 부탁드립니다."

"제임스 박사! 당신을 급히 본부로 부른 것은 오늘 긴급회의 가 있어서이기도 하지만, 첩보에 의하면 그곳 상황이 생각보다 아주 좋지 않기 때문입니다. 조금 더 그곳에 있다가는 바이러스 에 전염될 확률이 높아 사전에 조치를 취한 것이니 많은 양해바 랍니다."

50대 중반의 제이슨 담당 과장이 테이블 위에 놓여있는 생수 를 유리잔에 따라 마시며 제임스 박사에게 말했다.

"그리고 오늘 이 회의에 참석하기 전에 당신을 본부 소속 병 원에서 정밀진단 검사를 받게 한 것은 혹시나 모를 바이러스 감 염 여부 등을 사전 확인하기 위한 절차이니 너무 신경 쓰지 않 았으면 좋겠습니다."

그는 제임스 박사와 대화를 마치자마자 국장에게 보고를 시작했다.

"여러 차례 사전에 보고서를 올린 관계로 요점만 간단히 말씀 드리겠습니다."

"이 바이러스의 원천은 과연 어디인가, 바이러스가 퍼진 것은 단순 유출인가 아니면 인위적으로 염기서열을 변형해서 다른 목적을 가지고 퍼트린 것인가에 초점이 맞추어 있습니다."

제이슨 과장은 전문적인 설명이 필요했는지 그 옆에 앉아있는 질병통제예방센터와 국립알레르기감염병연구소 과장을 번갈아 쳐다보았다.

"지난 2002년 11월 중국 광둥성에서의 첫 환자를 시작으로 전 세계로 전파된 '사스SARS(중증급성호흡기증후군)'는 박쥐와 사향고양이로부터, 그리고 2012년 4월 사우디아라비아 등의 중동지역에서 처음 발생한 '메르스MERS(중동호흡기증후군)'는 낙타와 박쥐 등으로부터 전파되었다는 사실은 보고서에도 언급한 바 있습니다."

"다시 말씀드리면 사스나 메르스 모두 매개체로 박쥐가 공통으로 등장한다는 점입니다."

질병통제예방센터에서 참석한 40대 중반의 과장은 사안의 심각성을 암시하듯 잠시 오른손으로 머리카락을 뒤로 넘기더니 다시 말을 이어 나갔다.

"전문가들 대부분은 박쥐에 집중하고 있지만, 역학조사를 통해 여러 환자들의 검체를 정밀 분석해야만 어느 정도 답이 나올 것 같습니다."

"코로나바이러스의 출현을 처음 알린 뒤 세상을 떠난 중국 의사 리원량(李文亮)이 일했던 우한 병원은 의료진의 피해가 다른 곳보다 더 컸는데 그 이유는 뭘까요?"

국장이 주위를 둘러보며 물었다.

"후베이성 양회兩會: 인민대표대회와 정치협상회의가 열린 1월 12일부터 17일 사이에 우한 병원이 우한시 보건당국에 바이러스 감염 사례를 보고했지만 당국의 개입으로 이 보고가 차단된 것이 이번 사태를 키웠다는 분석입니다."

"맞습니다. 우한 보건당국이 신규 환자를 1명도 발표하지 않다가 양회가 종료된 다음 날인 1월 18일에야 바이러스로 인한 신규 환자 4명이 나왔다고 처음으로 밝힌 점을 보면 잘 알 수 있습니다."

질병통제예방센터와 국립알레르기감염병연구소에서 참석한

과장들이 돌아가며 말했다.

"그런데 한 가지 의문이 드는 것은, 그 넓은 중국 땅덩어리 중에서 하필이면 내륙에 있는 우한에서 바이러스가 시작된 이유는 뭘까요?"

참석자들의 의견을 조용히 듣던 국장이 좌우를 다시 돌아보며 질문을 했다.

"첫 번째 이유로는 우한시가 중국의 중심부에 위치한 지리적 위치 때문입니다."

한 과장이 신중하지만 빠르게 말을 이어 나갔다.

"특히 급속히 바이러스가 확산된 이유는 마침 다가온 중국 춘절연휴로 인한 중국인들의 대이동과 한 달간이나 늦장 대응한 중국 정부의 직무유기 때문입니다."

"그렇다면 수 천만 명의 목숨을 앗아갔던 1918년의 스페인 독감과 비교해 볼 때 이번 코로나바이러스의 위력은 앞으로 어떻게 전개될 것 같은가요?"

국장은 안경 너머로 참석한 사람들을 찬찬히 뜯어보며 다시 질문을 했다.

"……."

회의실에 잠시 무거운 침묵이 흘렀다.

"오케이, 좋습니다, 모두들 수고 했습니다!"

국장이 백악관에서의 회의에 참석하느라 자리에서 일어나면서 회의가 생각보다 일찍 끝나버렸다.

"제임스 박사! 국장이 당신과 담당 과장인 나를 왜 불렀는지 짐작할 수 있겠어요?"

회의실을 나오면서 담당 과장이 그에게 물었다.

"책상에 앉아서 올리는 보고서보다는 그 분야 전문가가 현장에서 직접 발로 뛰면서 작성한 보고서가 더 정확해서겠죠."

제임스가 복도를 걸으면서 대답했다.

"지금 중국 우한의 상황이 자연적인 바이러스 전염으로부터 발생한 케이스일 수도 있겠으나, 혹시 이 상황이 인위적인 전파라고 가정한다면 어떨 것 같습니까?"

"……."

제임스 박사는 잠시 생각에 잠기며 아무 말도 하지 않았다. 그러다 생각 끝에 질문을 던졌다.

"인위적인 전파라고 가정한다면, 이런 상황에서 누가 가장 이득을 볼까요?"

"빙고! 바로 그게 이 케이스의 핵심입니다. 그래서 그 실마리를 풀어보라고 지난번에 감염병학 분야에 정통한 당신을 산마리노의 '루벤 바이러스연구소'로 급파시켰던 것이고요."

제임스 박사는 뒤죽박죽 뒤얽힌 실타래를 어디서부터 어떻게 풀어 나가야 할지 난감한 표정을 지었다.

납덩이같은 무게가 그의 어깨를 짓누르는 듯했다.

코로나바이러스 사망자 발생/ 이란 테헤란

제임스 박사는 CIA 본부의 지시에 따라 이란에서의 코로나바이러스 상황을 파악하기 위해 출장 준비를 막 마쳤다. 그는 제일 먼저 미국과 이란과의 대치상황을 고려하여 현재 소지하고 있는 미국 여권 대신에 한국 여권으로 신분 세탁을 했다. 그러고는 오랜만에 집에서 편안한 마음으로 거실 소파에 앉아 음악을 들으며 휴식을 취했다.

그가 관광객 신분으로 이란의 수도 테헤란의 '이맘 호메이니 국제공항'에 도착한 것은 2020년 2월 말이었다. 최근 이란에서 코로나바이러스 감염으로 여러 명이 사망했다는 첩보가 입수되어 급히 이곳까지 날아오게 된 그였다.

"어디서 오셨습니까?"

공항에 입국하자 40대 후반의 구레나룻이 눈에 확 띄는 현지

출입국사무소 직원이 표정 없는 얼굴로 물었다.

"한국에서 관광 목적으로 왔습니다."

"항공권과 여행 일정을 보여주시겠습니까?"

"어디 머무실 예정입니까?"

직원의 계속된 요구에 그는 서류가방에서 항공권과 여행 일정 등이 인쇄된 서류를 보여주었다.

"스폰서는 누구인가요?"

서류를 꼼꼼히 확인한 직원은 다른 것을 또 요구했다.

"아, 예, 여기 스폰서 연락처가 있습니다."

그 직원은 꼬치꼬치 캐묻다 이제는 지쳤다는 표정을 짓더니 여권에 입국 도장을 쿵하고 찍어주었다.

제임스 박사는 출입국 직원으로부터 입국 도장이 찍힌 여권을 받아 상의 안주머니에 넣고는 급히 공항 밖으로 나와 공항 택시를 잡아타고 사전에 예약한 호텔로 향했다.

빵! 빵!

교통체증으로 거리는 온통 정차된 자동차에서 눌러대는 경적 소리로 정신이 없었다. 도로는 말 그대로 지옥이었다. 길거리에 보이는 모든 것들이 그를 거칠게 맞이했다. 10시간이 넘는 장시간의 비행에 이미 지칠 대로 지쳐버린 그의 얼굴은 많이 굳어 있었다.

"과장님! 저 무사히 테헤란에 도착했습니다."

호텔에 짐을 풀자마자 담당 과장에게 연락을 취했다.

"그곳 사정도 중국 우한에 있을 때처럼 무척 갑갑하겠지만 건강에 유의하고 임무를 잘 마치고 귀국하길 바랍니다."

"예, 잘 알겠습니다."

그는 여행 가방에서 조그만 손가방을 꺼내 그 속에서 본부에서 제공한 '바이러스 자가 진단키트'를 꺼내 몸 상태를 체크했다. 매번 하는 일이지만 바이러스 감염 국가를 다닐 때마다 극도의 긴장감이 몸속으로 밀려들어오곤 했다.

그는 침대에 눕자마자 유리창을 때리는 겨울비를 자장가 삼아 곯아떨어졌다.

다음 날 아침 새벽이었다.

모스크에서 기도시간을 알리는 처연한 '아잔adhan' 소리에 제임스 박사 역시 눈이 저절로 떠졌다. 창밖은 온통 동트기 전의 검은 크레용 색의 어둠뿐이었다. 그는 다시 체온이 남아있는 침대 속으로 들어가 비몽사몽 상태로 누웠다.

얼마나 시간이 흘렀을까…….

눈을 뜨니 창가의 커튼 사이로 희미한 빛이 들어오고 있었다. 어느새 저 멀리부터 동이 트고 있었다. 새벽이 우울한 잿빛 장막을 밀어내면서 황금빛이 점점 짙어졌다. 거리는 비로소 납덩이같은 묵직한 검은 옷을 훌훌 벗어 던지고 기지개를 켰다.

그는 서서히 침대에서 빠져나와 새벽의 모습을 눈에 담기 위해 커튼을 활짝 젖히고 창밖을 내다봤다. 거리의 거친 숨결에 커튼자락이 춤추듯 펄럭였다. 창문에 이마를 댄 채 멍하니 허공을 응시했다. 유리창의 차가운 기운이 이마를 통해 조용히 전해져왔다. 유리창에 김이 하얗게 서렸다.

겨울바람이 나뭇가지를 몹시 흔들어 대고 있었다. 밤새 겨울비가 내렸는지 낙엽이 길바닥에 납작 엎드려 몸을 붙이고 있었고, 축축한 돌바닥은 차갑게 그에게 다가왔다.

몸 전체를 검은 색 '차도르'로 감싸고 분주하게 거리를 걷는 이란 여성들이 눈에 띄었다.

그는 지난 여름 휴가를 기억해냈다. 이슬람 국가인 몰디브 바닷가에서 한 현지인 여성이 치렁치렁한 검은색 차도르를 입은 채 그대로 바닷물 속으로 들어가 헤엄치면서 행복해하는 모습을 떠올렸다. 노출을 금지하는 이슬람 국가의 행태에 갑자기 마음이 짠해졌다.

창문으로 햇살이 본격적으로 쏟아져 들어왔다.

그는 객실 소파에 앉아 커피 한 잔을 마신 후, 여기저기 구축해 놓은 네트워킹과 정보원들을 총동원해 이란에서의 바이러스 감염 상황을 파악했다.

한 시간 후, 제임스 박사는 담당 과장과 다시 통화했다.

"과장님, 이곳 상황이 심상치 않은데요?"

제임스 박사가 먼저 말문을 열었다.

"그러게 말입니다. 이곳 본부에서 취합한 각종 자료를 분석해 보면 이란 역시 중국처럼 조만간 바이러스로 아수라장이 될 것 같아서 걱정입니다."

담당 과장이 대답했다.

"이란 정부가 오늘부터 공식적으로 사망자 숫자를 공영 TV를 통해 내보내기 시작했습니다."

"오, 그래요?"

"그런데 중국과 마찬가지로 이란에서 발표하는 수치를 그대로 믿는 사람들이 과연 얼마나 될까요?"

"하긴 그렇죠."

잠시 통화가 끊겼다가 다시 이어졌다.

"이란이 중국과는 거리상으로 상당히 멀리 떨어져 있는데 왜 그곳에도 바이러스가 창궐할까요?"

"음, 그 이유는 중국과 이란은 상호 교류가 왕성해서 그럴 거라는 추측이 있어요."

제임스 박사가 자세를 고쳐 앉으며 다시 말을 이어 나갔다.

"이슬람 국가에서는 무슬림들이 보통 모스크에서 예배를 볼 때 서로 어깨를 맞닿을 정도로 바싹 붙이기에 바이러스 전파력이 더 강하다고 합니다."

"어깨를 붙이면서까지 촘촘히 앉아 예배하는 이유는 무엇 때문에 그럴까요?"

"서로 바싹 붙어 예배하지 않으면 그 틈새로 악마가 끼어들 수 있다는 믿음 때문이라고 합니다."

제임스 박사는 말을 계속해서 이어 나갔다.

"재미있는 것은 현재 무역전쟁을 벌이고 있는 중국과 제재 중인 이란 이 두 나라를 목표로 이번에 미국이 새로운 바이러스 전쟁을 일으켰다는 소문이 이곳 외교가에서 조심스럽게 흘러나

오고 있어요."

"설마요, 하하……."

호탕한 웃음소리가 전화기 너머로 또렷하게 들려왔다.

"현재 입수된 정보로는 이란 역시 수 만 명에 달하는 확진 환자와 수많은 사망자가 발생했는데, 이란 정부에서는 아직 믿을 만한 통계를 발표하고 있지 않는 것이 염려스럽네요."

"아직 모든 시스템이 열악해서 그럴 수도 있을 겁니다."

제임스 박사의 말을 이어 과장이 답했다.

"이란에서 수많은 사람들이 감염된 것은 이란 제재로 의료체계가 붕괴된 것도 원인 중의 하나겠죠?"

"맞아요."

"현재 의료진, 소방관, 자원봉사자 할 것 없이 총동원해 방역 작업 중입니다."

"그건 그렇고 중국과 인접한 한국, 일본의 상황도 만만치 않던데 중국, 이란 다음 차례로 그곳에도 제가 파견을 나가야 하나요?"

제임스 박사가 담당 과장에게 진지하게 물었다.

"아니, 그럴 필요는 없습니다. 이번 바이러스 상황과 관련해서 한국과 일본에 대한 상당한 분량의 보고서가 본부에 이미 축적된 상태라서요. 한국과 일본은 중국과 이란에 비해 상대적으로 시스템이 잘 되어있고, 또한 그곳에 있는 우리 대사관에는 본부에서 파견한 요원들이 많이 상주하고 있습니다."

"예, 잘 알겠습니다."

"그런데 문제는 최근 우리의 동맹인 한국과 일본 사이에 균열이 일어나 현재 우리 정부 입장에서는 상당히 곤혹스럽다는 점입니다."

"위안부, 독도 영유권, 수출 규제 문제 등을 말씀하시나요?"

"맞아요, 그런데 일본 입장에서는 올해 하계 올림픽을 개최하는데 전 세계가 코로나바이러스의 영향권에 들어있어 제대로 올림픽을 치를 수나 있을지 걱정이 됩니다."

"그러게 말입니다. 1896년에 근대 올림픽이 처음 열렸는데 그 이후 총 3번의 하계 올림픽이 취소되었죠."

"언제, 언제였죠?"

"1916년 베를린 올림픽, 1940년 도쿄 올림픽, 1944년 런던 올림픽입니다."

"모두 제 1차, 제 2차 세계대전 때였네요?"

담당 과장이 다시 물었다.

"예, 맞습니다. 전쟁 때문에 취소되었죠."

"오케이, 내가 시간을 많이 뺏었네요. 계속 수고하세요."

대화를 마치고 제임스 박사는 옷을 간편하게 갈아입은 후 사진기를 걸친 채 호텔을 나섰다. 차가운 바람이 거리를 휩쓸고 지나갔다.

그가 유네스코 문화유산이자, 테헤란에 있는 건축물 중 가장 역사가 오래된 '골레스탄 궁전'에 도착한 시각은 오전 11시 무렵이었다. 이란 정부가 코로나바이러스 현황을 제대로 발표하지 않아서 그런지 이곳은 아직도 코로나 사태를 정확하게 파악하지 못한 관광객들로 매우 북적였다. 입구 광장에는 한 무리의 비둘기 떼가 돌바닥에서 구구거리며 요란스레 날갯짓을 하는 바람에 그는 잠시 서서 멍하니 그 광경을 쳐다보았다.

매표소를 지나 안으로 들어서자, 수풀이 우거진 정원과 적절한 조화를 이루며 성벽으로 둘러싸인 건축물이 그 모습을 드러냈다. 호화롭고 매우 정교한 페르시아의 정취를 만끽할 수 있는 '카자르Qajar 시대'의 작품이 그의 눈을 압도했다.

앵 앵!

갑자기 구급차들이 번쩍거리는 경광등과 함께 불협화음의 사이렌 소리를 내뱉으며 비에 젖은 거리를 빠르게 내달렸다. 귀청을 때리는 구급차의 소음에 주위가 소란스러워졌다. 거리에서 사람들이 던져준 모이를 쪼던 비둘기들이 굉음에 놀라 이리저리 사방으로 정신없이 흩어졌다.

"오늘은 관람시간을 빨리 종료하니 양해 바랍니다."

영어를 구사하는 40대의 궁전 안내인들이 외국인 관광객들에게 허겁지겁 다가가 관람시간이 조기에 끝난다는 안내를 했다.

"감사합니다."

제임스 박사는 부지런히 정문으로 발길을 돌렸다.

딩동!

그는 여느 때처럼 윗도리 안쪽에서 스마트 폰을 꺼내 메시지를 확인했다.

바로 이탈리아 로마로 출발 바람!
유럽 상황이 심상치 않음

메시지 확인 버튼을 누른 후 전화기를 도로 호주머니에 집어

넣었다.

"유럽 상황도 심상치 않은 것을 보면 미국의 껄끄러운 상대인 '중국과 이란에 대한 새로운 바이러스 전쟁'이라는 말은 맞지 않아⋯⋯."

미국의 전통 우방인 이탈리아에도 바이러스가 창궐한다는 소식을 접한 그는 혼자 중얼거렸다. 머릿속은 온통 하얀 안개로 가득 찬 느낌이었다. 궁전을 나서자마자 택시를 잡아타고 호텔로 부리나케 향해, 어제 도착 시점부터 오늘까지 수집한 정보를 리포트오피서에게 전송했다. 그러고는 늘 그렇듯이 주섬주섬 가방을 챙긴 후 급히 호텔 체크아웃 절차를 마친 후 공항으로 향했다.

거리의 소음과 택시 차창 밖으로 펼쳐지는 옛 페르시아의 이국적인 풍경은 그를 철저하게 외로운 이방인으로 만들었다.

2020년 3월 12일 오전, CIA본부 지하 2층 회의실.

세계보건기구가 최근 코로나바이러스 상황에 대해 '팬데믹 Pandemic(세계적 대유행상태)'을 선언함에 따라 긴급 실무자회의가 다시 소집되었다.

상황이 상황이니만큼 회의장은 열기를 띠었다.

"최근 코로나바이러스 명칭에 대해 많은 혼선이 있어 세계보건기구가 정한 'COVID-19Corona Virus Disease 2019'로 통일하니 앞으로는 회의석상에서는 이 명칭으로 통일하도록 합시다."

국장이 먼저 말을 꺼냈다.

"보고에 의하면 바이러스 전파율이 제곱으로 확산되기에 우리가 특히 경계해야할 필요가 있습니다. 예를 들면, 1명에서 2명, 2명에서 4명, 4명에서 16명……이렇게 전파되면 3개월 만에 10억 명도 가능하다는 이론적 수치입니다."

국장은 긴장된 표정을 지으며 참석자들의 동의를 구했다.

"킹스턴 박사님! 모두의 이해를 돕기 위해 역사적으로 팬데믹 상황이었던 경우를 정리해서 말씀해주시면 감사하겠습니다."

"유럽 인구의 약 절반 이상이 사망한 14세기의 흑사병, 약 5천만 명이 사망한 1918년의 스페인 독감, 약 100만 명이 사망한 1957년의 아시아 독감, 약 80만 명이 사망한 1968년의 홍콩 독감 등을 들 수 있습니다."

감염병학 분야에서 세계에서 손꼽히는 학자 중 한 명인 60대 후반의 킹스턴 박사가 안경을 벗어 손수건으로 닦은 후 천천히 입을 열었다.

"이번 COVID-19는 사스, 메르스와 같은 코로나바이러스인데 이 바이러스 종류로는 첫 팬데믹으로 기록되었습니다."

부리부리한 눈을 안경 너머로 굴리며 킹스턴 박사는 말을 이어 나갔다.

"한 가지 짚고 넘어갈 것은 '스페인 독감'은 그 명칭처럼 스페인에서 시작된 것이 아니라는 사실입니다."

"그래요? 저는 몰랐는데요."

한 참석자가 궁금한 표정을 지었다.

"사실은 미국 캔자스 기지에서 첫 환자가 보고된 이후 각국으로 엄청난 파급력으로 퍼져나갔죠."

"당시 제 1차 세계대전이 끝날 무렵인 1918년은 냉전시기였고, 참전국 모두 언론 통제가 심한 상태였습니다. 더군다나 우울하고 사기를 떨어뜨리는 뉴스는 일절 보도가 통제되었습니다."

"그런데 당시 중립국이었던 스페인만이 유일하게 이 독감 상황을 상세히 보도하게 되면서 취재 열기가 일었고, 그 연유로 사람들이 '스페인 독감'으로 부르게 되었습니다."

"올해가 2020년이니까 그때부터 지금까지도 100년 이상을 세상 사람들이 '스페인 독감'이라고 부르고 있는 것에 대해 스페인 사람들은 심기가 불편하겠습니다. 하하."

다른 참석자가 말을 꺼내자 모두들 웃음을 터뜨렸다.

"하하하……."

잠시 회의실에 웃음꽃이 폈다.

"정작 스페인에서는 이를 '프랑스 독감'이라고 부르고 있는데 말입니다."

"당시 독감의 발원지는 100년이 지난 지금까지도 오리무중이지만 미국, 프랑스, 중국 등이 발원지라는 추측만 무성합니다."

또 다른 참석자가 맞장구를 쳤다.

"그래서 전염병 명칭을 부여하는데 있어서 각국이 신경전을 벌이는 이유가 바로 그 이유 때문이네요?"

"예, 맞습니다."

킹스턴 박사는 그 말에 동의하며 계속 말했다.

"이번 COVID-19라는 명칭이 처음에는 '중국 우한 바이러스'로 불렸다가 나중에 바뀌게 된 것은 중국의 입김이 작용한 이유가 크겠죠?"

"중국이 세계보건기구에 막대한 지원금을 주면서 로비한 결과물 아니겠습니까?"

국장의 건너편에 앉아있던 국무부 과장이 목소리 톤을 높이며 말했다.

"최근 중국정부가 '발원지 불명'이라고 언론플레이를 하는 시점에 COVID-19라는 명칭으로 바뀌었고, 이제는 한술 더 떠서 '미군이 중국 우한에 바이러스를 퍼뜨렸다'고 주장하고 있는 상황입니다."

킹스턴 박사는 잠깐 한숨을 내쉬더니 참석자들에게 무엇인가 보여줄 요량으로 PPT자료를 준비했다.

"이런 일이 있어서는 절대 안 되겠지만 이번 바이러스 전파와 관련하여 미국 싱크탱크인 '브루킹스연구소(Brookings Institution)'가 모의실험을 한 결과를 봐주시기 바랍니다."

그는 포인터로 화면을 가리키면서 말을 이어 나갔다.

[COVID-19 최악의 시나리오]

세계 GDP 약 335조 달러 증발

세계인구 중 총 6800만 명 사망

중국 1270만 명 사망

미국 106만 명 사망

일본 57만 명 사망

이탈리아 26만 명 사망

"이 수치는 최악의 시나리오로서, 빌게이츠 재단의 지원 하에 세계보건기구가 작년에 모의실험을 한 결과와 거의 비슷한 수치입니다."

"……."

갑자기 침통한 분위기가 한동안 회의실을 짓눌렀다.

"이 수치는……최악의 상황을 예상한 것이죠?"

국장이 묘한 말투로 재차 확인하며 물었다.

"예, 다시 말씀드리지만 최악의 경우를 예상한 수치이기에 우리 모두 최선을 다해 바이러스를 막아내면 그 수치는 얼마든지 바뀔 수 있습니다."

킹스턴 박사는 다시 강조했다.

"브루킹스 연구소는 누가 후원하고 있죠?"

갑자기 국장이 국무부 과장을 쳐다보며 확인하는 듯했다.

"전임 대통령인 오바마와 미국 민주당이 참여하는 싱크탱크입니다."

"트럼프 대통령 관련해서 '러시아 게이트', '우크라이나 게이트'가 연이어 불발되자 이번에 민주당 측에서 코로나 이슈로 공격하고 있다는 정보가 있습니다."

"설마 사람의 목숨을 담보로 그렇게 하겠습니까?"

한 참석자가 곧바로 반박했다.

"잘 들었습니다."

"사안의 심각성을 고려해 오후에 다시 회의를 계속하도록 하겠습니다."

국장의 말에 모두들 우르르 회의장을 빠져나와 점심식사를 하기위해 식당으로 향했다.

코로나바이러스 확산/ 이탈리아 로마

제임스 박사가 이란을 출발하여 이곳 이탈리아 로마 공항에
도착한 시각은 새벽 6시였다.

아직 호텔 체크인 시간이 많이 남아 그는 '스페인 광장'으로
발길을 옮겼다. 이곳 역시 코로나 바이러스 사태에 대해 제대로
상황 파악을 하지 못한 많은 관광객들이 인산인해를 이루고 있
었다. 계단에는 수많은 젊은 연인들이 다정하게 허리에 팔을 두
르고 귀에다가 사랑의 속삭임을 들려주고 있었다.

딩동!

오늘도 어김없이 본부에서 보낸 메시지 알람이 울렸다.

"그쪽 상황은 어떤가요?"

담당 과장이 물었다.

"이곳은 바이러스 사태와는 거리가 먼 느낌입니다."

"그래요?"

과장은 짐짓 놀라는 목소리였다.

"이탈리아는 '중국 우한 사태' 이후 제일 먼저 중국을 상대로 빗장을 걸어 잠그다보니 자신들은 안전하다고 느끼는 것으로 보입니다."

"마스크를 쓴 사람도 전혀 없고, 평상시와 똑같습니다."

"유럽의 '솅겐조약' 가입국은 같은 출입국 관리 정책을 적용하기 때문에 국가 간 제약 없이 자유롭게 이동할 수 있죠. 일단 유럽에 코로나바이러스가 전파되면 걷잡을 수 없을 텐데요."

담당 과장의 목소리가 납덩이만큼 무겁게 들렸다.

"특히 이탈리아 북부지역은 상공업과 섬유산업이 많이 발달되어 있어 중국인들의 왕래가 빈번한 곳이기에 그곳에서부터 전파되었을 가능성이 짙어요."

"그곳은 중국 우한과의 인적 물적 교류도 많다고 하던데요."

"이탈리아가 표면적으로는 중국에 대해 빗장을 걸어 잠갔어도 중국인들이 인접 국가인 오스트리아, 스위스, 프랑스 등을 거쳐 이탈리아로 들어가는 데는 아무 문제가 없어요."

"그러게 말입니다."

딩동!

스마트 폰 메시지를 확인해보니 로마에 있는 정보원이 메시지를 보내왔다.

"과장님, 잠깐만요. 정보원이 중요 정보를 보내왔네요.

[코로나바이러스 유전자 염기서열 분석 결과]

1월 중순 이탈리아 북부지역 롬바르디아 주의 '코도뇨' 인근

비정상적인 폐렴환자 다수 발생

제임스 박사는 확인 버튼을 누른 후 대기 중인 담당 과장과 다시 통화를 계속했다.

"이탈리아 정부가 1월 중순에 이미 의심환자가 다수 발생했음에도 불구하고 왜 발표를 하지 않았을까요?"

담당 과장이 물었다.

"이탈리아는 관광산업으로 먹고사는데 이를 공표하면 나라 전체가 흔들릴 수 있다는 분석이 있어서 그랬을 겁니다."

"너무 늦게 대처하면 대혼란에 빠질 수도 있을 텐데요."

"이미 바이러스가 광범위하게 퍼졌을 거라는 분석에 저도 동

의합니다."

"바이러스에 취약한 이탈리아의 고령층 분포는 세계에서 일본 다음으로 많아서 조만간 유럽의 화약고가 될 수도 있겠네요."

"……."

다시 무거운 침묵이 흘렀다.

담당 과장과의 대화를 마친 그는 호텔로 향했다.

호텔 방으로 올라온 그는 편안한 자세로 소파에 앉아 형광 스탠드를 켰다. 본부에서 전송해온 관련 보고서 중 첫 부분을 찬찬히 읽어 내려가기 시작했다. '로스차일드 가문'에 대한 요약 보고서였다.

전 세계의 과거, 현재 그리고 미래를 움켜쥐고 흔들면서도 전면에 전혀 나서지 않고 뒤에 숨어서 그들의 탐욕이 원하는 방향으로 이 세상을 조종하고 있는 인류 역사상 가장 방대한 금융제국.

이스라엘의 창시자, 영국 런던 금융시티의 주역, 뉴욕 월가 5대 은행의 큰 손, 세계 황금 가격의 결정권자, 국제 정보 네트워크의 선구자……

산마리노의 루벤 바이러스연구소가 뇌리에 떠올랐다. 어쩌면 코로나바이러스와의 전쟁에 대한 실마리를 풀 수 있는 열쇠가 이 바이러스연구소에 있을 것 같다는 직감에 그는 전율을 느꼈다.

'바이러스 전파로 인해 가장 큰 이득을 얻는 사람들……'

그는 고개를 끄덕이며 혼잣말을 반복했다.

'바이러스 상황에 대한 첩보를 토대로 정확한 정보를 수집, 정리해서 본부에 전달하는 게 내 임무니까.'

그동안 이 임무와 관련해서 쥐도 새도 모르게 사라져 버린 동료들의 얼굴이 하나, 둘 주마등처럼 스쳐지나갔다.

다음날 이른 아침.

제임스 박사는 서둘러 호텔을 나섰다. 거리를 내리누르고 있던 푸른빛이 서서히 물러가는 모습을 찬찬히 지켜보면서 그는 '테르미니 역'에서 도보로 7분이 소요되는 '산타 마리아 마조레 성당'까지 걸었다. 매번 느끼는 것이지만 로마는 거대한 문화유산 그 자체였다.

제임스 박사는 제일 먼저 시민들의 반응을 찬찬히 살폈다. 눈에 띄는 원색의 정장을 잘 차려입은 현지사람들의 모습, 노천카페 의자에 앉아 지나가는 사람들을 찬찬히 보면서 에스프레소

한잔을 마시며 여유를 즐기는 낙천적인 그들의 모습……. 그의 눈에는 이곳은 아직까지 평온한 상태가 유지되는 듯 보였다.

그는 성당 내부의 웅장한 천장을 뒤로하고 사방을 찬찬히 둘러봤다. 이곳의 모든 일상을 카메라에 담은 후 본부로 열심히 전송했다.

"어디서 오셨나요?"

50대 중반으로 보이는 성당 관리인이 그에게 다가오더니 신기한지 이것저것 물었다.

"원래는 한국 태생인데, 지금은 미국에 있어요."

그는 앵무새 같은 똑같은 질문에 무뚝뚝하게 대답했다.

"그런데 어디 아프세요? 마스크를 하고 있어서요."

관리인이 고개를 약간 갸웃거리면서 제임스 박사에게 다시 물었다.

"아, 예……."

제임스 박사는 바이러스 때문에 마스크를 쓰고 있다는 말을 하고 싶었으나 속으로 꾹 삼켜버리고 말았다.

관리인은 고개를 갸우뚱거리더니 옆에 있는 다른 외국인 관광객을 향해 발길을 옮겨갔다.

제임스 박사가 로마에 있는 보건 당국과 대학교의 감염병학 교수들을 차례로 만나 바이러스와 관련한 동향 등에 대해 서로 의견을 나누다보니 저녁때가 다 되었다.

어느덧 이곳에서만 열흘 정도가 훌쩍 지나가버렸다. 그는 이곳에 머무르며 주변 유럽 국가들의 코로나바이러스 상황을 예의주시하고 있었다.

딩동! 본부에서 급전이 왔다.

급거 귀국 요망!
이탈리아 정부, 전 국민 이동제한령 곧 발표 예정
미국 정부, 유럽인 입국 봉쇄 전망

제임스 박사는 늘 그랬던 것처럼 옷가지를 대충 챙기고는 가방을 꾸렸다.

그는 공항으로 달리는 차 속에서 마치 로마를 놓칠까봐 안달이 난 사람처럼 획획 지나가는 거리들을 눈에 담기 바빴다.

같은 날 오후 2시.

CIA본부에서는 긴급 실무자 회의가 속개되었다.

"지금 COVID-19와 관련한 백신 개발 현황은 어떻게 진행되어가고 있는가요?"

오후에 회의를 시작하자마자 국장이 질병통제예방센터와 국립알레르기감염병연구소에서 참석한 과장에게 물었다.

"현재 치료와 예방을 위해 전 세계에서 총 56건의 약물 중재 임상시험이 진행 중에 있습니다."

"우리나라 국립보건원(NIH)의 임상시험 레지스트리Registry인 클리니컬트라이얼즈ClinicalTrials.gov에 신규 등록된 COVID-19 치료제 임상시험이 53건, 백신 임상시험이 3건입니다."

"이중에서 우리 국립보건원 및 우리 정부가 후원하는 임상시험은 2건입니다."

"백신은 언제쯤 나올 수 있나요?"

국장이 다시 질문했다.

"우선 항체를 생산할 세포를 찾아낸 후 항체를 대량으로 생산해야합니다."

"독성, 유효성 그리고 부작용 등을 확인하는 비임상적 시험 단계가 끝나면 동물실험을 거쳐야 하고, 문제가 없으면 그 이후 사람을 대상으로 최종 임상실험을 해야 하는 과정이 남아있습니다."

"빨리 백신이 나와야 이 사태를 진정시킬 수 있을 텐데요."

국장이 한숨을 푹 내쉬었다.

"현재 파악한 정보로는 한국에서는 15개 기관이, 그리고 그 외의 국가에서는 34개 기관이 치료제와 백신 연구를 진행 중에 있습니다."

질병통제예방센터에서 참석한 과장이 말을 이어갔다.

"지난 2월 12일, 세계보건기구 사무총장이 18개월 내에 백신이 나올 것이라고 밝힌 바 있습니다."

"문제는 실험을 했다고 해서 바로 성공하는 것이 아니기 때문에 시간과의 지루한 싸움의 연속이 될 겁니다."

"산 넘어 산이네요."

"그러게 말입니다."

어느 참석자가 거들었다.

"최근 한국의 COVID-19 진단 키트에 대한 평가는 어떤가요?"

국장이 그에게 물었다.

"미 하원 관리개혁위원회가 개최한 청문회에서 마크 그린 의원이 식품의약국(FDA)의 서면 답변을 인용했습니다. '한국의 COVID-19 진단키트는 적절하지 않아 비상용으로라도 이 키트가 미국에서 사용되는 것에 동의하지 않는다'는 내용입니다."

국립알레르기감염병연구소 과장은 잠깐 목을 가다듬더니 다시 말을 이어 나갔다.

"마크 그린 의원은 한국 진단키트는 단일 '면역글로블린항체 immunoglobulin'만 검사하지만, 우리 진단키트는 복수의 항체를 검사하기 때문에 우리가 개발한 키트의 정확성이 더 높다는 입장을 제시했습니다."

"반면 한국 질병관리본부에서는 세계보건기구의 권고에 따라 개발한 '실시간 중합효소 연쇄반응(RT-PCR)' 진단 단계의 정확성, 신뢰도를 매우 확신하고 있습니다."

"좀 더 쉽게 설명해주시겠어요?"

다른 참석자가 말했다.

"한국이 사용하는 진단 기법은 환자 검체 속 COVID-19 바이러스 DNA를 증폭시켜 바이러스 유무를 파악하는 방법입니다."

"참고가 많이 되었습니다."

국립알레르기감염병연구소 과장의 설명이 끝나자 국장이 말했다.

"그건 그렇고, 최근 북한의 바이러스 상황은 어떤가요?"

국장이 국무부 과장을 보고 물었다.

"평소 폐쇄적인 국가라 바이러스 상황에 대해 전혀 발표된 바도 없는 상태에서 이번에는 아예 국경까지 폐쇄했기에 추측만 무성한 실정입니다."

"다만 TV 화면에 나온 군인들도 마스크를 쓰고 있는 점 등으로 볼 때 바이러스 전파에 따른 군인들의 자가격리가 있었던 것으로 분석됩니다."

"북한 정보통에 의하면 자가격리 숫자만 해도 약 1만 명에 육박한다고 합니다. 오늘 기준으로 평양 주재 외교관 등 외국인 380여 명도 격리 조치되었는데, 이 중 약 100명 정도가 특별기편으로 러시아로 이송되었다고 합니다."

국무부 과장 옆에 앉아있던 다른 보좌관이 거들었다.

"러시아 외교부가 북한에 COVID-19 진단 키트를 전달했다고 밝힌 만큼 조만간 북한에서도 확진자 숫자가 공식 집계될 것이라는 전망이 조심스럽게 나오고 있습니다."

국무부 과장이 다시 말을 덧붙였다.

"팬데믹보다 더 무섭게 전파되어 사람들에게 공포심을 불러일으키는 것이 있는데 무엇일까요?"

국장이 마지막으로 참석자들에게 질문을 던졌다.

"……."

모두들 조용히 국장의 입만 쳐다보았다.

"그것은 바로 '정보의 대유행Infodemic'입니다."

"누가 전염되는지, 그것이 어떻게 움직이는지, 또한 그것이 어떻게 변하는지 등 정보가 확산되는 과정 역시 바이러스 전염 과정과 비슷합니다."

"정보화 시대에 살고 있는 우리에게 정보가 줄 수 있는 병폐가 무엇인지를 잘 살펴봐야합니다. 공포감을 유발하는 정보의 대혼란을 사전에 차단하고 공공의 이익을 최우선에 두고 적절하게 정보의 분배를 잘 해야 합니다."

국장은 참석자들에게 신신당부했다.

"모두들 수고 많았습니다."

국장이 자리를 일어서면서 열띤 회의도 끝이 났다.

"작년 10월, 로스차일드 가문의 후원을 받고 있다는 루벤 바이러스연구소를 방문했었죠?

"당시 그 연구소가 남들보다 먼저 바이러스 항체를 만드는 연구에 착수한 것을 보면 어쩌면 지금쯤 이미 독자적으로 백신을 만들어 내지 않았을까하는 합리적인 의심이 들어요."

제임스 박사는 국장과 복도를 나란히 걸어 나가면서 말했다.

"'병 주고 약 준다'는 격언이 딱 들어맞는 건인가요? 음……."

"그곳이 산마리노에 있다고 했죠?"

"예."

"이번에 우리 요원과 자원을 더 지원해줄 테니 다시 그곳에 가보도록 하세요."

국장은 제임스 박사 옆에 있는 담당 과장에게 지시했다.

"아 참! 어젯밤 중국 외교부 대변인이 '미군이 중국 우한에 COVID-19를 가져온 것일 수도 있다'라고 근거도 제시하지 않고 본인 트위터 계정에 올리는 바람에 백악관이 발칵 뒤집혀지는 해프닝이 있었죠."

국장이 말을 꺼냈다.

"미국 주재 중국대사를 초치해서 따졌다고 들었습니다."

담당 과장이 말했다.

"앞으로 중국과 우리가 서로 바이러스를 먼저 전파했다고 주장하면서 무역전쟁 만큼이나 시끄러울 것 같아요."

"마치 '스페인 독감'의 발원지가 100년이 지난 지금까지도 명확하게 밝혀지지 않은 것처럼 말이에요."

국장은 무거운 표정을 지으며 건물 밖으로 나섰다.

그 뒤를 따라나서는 제임스 박사의 얼굴에는 차가운 3월의 꽃샘바람이 낯설게 스쳐지나갔다.

가판대 신문을 사러 나간 그의 눈에 비친 거리 모습은 마치 영화 세트장처럼 사람이 거의 눈에 띄지 않을 정도로 썰렁했다.

국가비상사태 선포 후 관광명소, 학교, 박물관, 미술관, 공연장, 극장, 교회, 상가, 스포츠센터, 각종 경기장, 식당, 바, 클럽 등 사람이 많이 모이는 장소는 모두 문을 닫아 정적만이 감도는 유령의 도시 그 자체였다.

"사람들이 이렇게 길게 늘어서있는 이유는 뭔가요?"

그는 마트입구에서부터 몇 백 미터나 긴 줄을 서서 자기 차례를 기다리는 한 남성에게 물었다.

"휴지, 생수, 먹을거리 등 생필품을 미리 챙기려고 합니다."

마트 바로 옆에 있는 총포상gun store에도 많은 인파가 몰려 총과 탄알을 사려고 북적였다.

"네가 이번에 구매한 총 모델은 뭐니?"

"이번에 내 가족의 신변 보호와 약탈 방지를 위해 좀 비싸지만 괜찮은 총으로 장만했어."

그는 그들 옆을 지나가다가 껄껄거리며 서로 자랑스럽게 주고받는 이야기를 무심코 듣게 되었다.

코로나바이러스의 유령은 이미 이곳에도 공포의 악취를 풍기고 있었다. 이 사태가 없었더라면 평소 드러나지 않았을, 여과되지 않은 감정 표현들이 사방에 난무했다.

그의 발걸음이 오늘따라 유달리 천근만근 무겁게 느껴졌다. 태어나서 처음으로 겪는 황량한 풍경이었다. 잿빛 하늘에 사로잡힌 거리에는 버려진 종이, 쓰레기만이 바람이 부는 방향에 따라 이리저리 모였다 흩어져 날릴 뿐이었다. 가판대에서 아직 잉크냄새가 나는 신문 하나를 집어 들었다. 신문 첫 면의 대문짝만한 제목이 그의 눈을 사로잡았다.

미국이 멈춰 섰다.

우리는 '미지의 영역'으로 진입했다.

COVID-19사태가 전역에 걸쳐 삶을 뒤엎기 시작했다.

우리들이 COVID-19 팬데믹 상황의 삶에 적응하는 것을 배우는 가운데 미국이 셧다운shutdown하고 있다.

'바이러스 공포 때문에 전 세계가 무법천지가 되어가고 있어. 당연하게 생각했던 평범한 일상이 이렇게 소중한지를 이제야 느끼게 되네……'

지금까지 신앙처럼 믿었던 세계가 속절없이 무너지는 것을 보고는 그동안 보고 듣고 느꼈던 세상은 단지 무대 세트에 불과했음을 다시 실감했다. 혼잣말로 중얼거리며 바삐 집으로 발걸음을 옮겼다.

집으로 돌아온 그는 스위치 전원부터 켰다. 방이 환하게 밝아지면서 마음도 따라서 이내 편해졌다.

TV를 켰다. 방송에서는 COVID-19사태에 대해 서로 앞 다퉈 자극적인 기사를 봇물처럼 쏟아내고 있었다.

이 와중에 각국은 경쟁적으로 국경을 걸어 잠그기 시작했고, 전 세계 주식시장은 하루에도 5~10프로씩 등락을 거듭하며 투자자들에게 극도의 공포감을 심어주고 있었다.

"아, 아악!"

그날 밤 그는 악몽을 꾸다가 비명을 지르며 벌떡 깼다. 침대 시트는 식은땀으로 축축한 상태였다. 침대를 박차고 일어나 냉장고에서 생수를 꺼내 벌컥벌컥 들이켰다.

꿈속에서 루벤 박사가 TV에 출연하여 루벤 바이러스연구소 1층 로비 벽에서 봤던 '민족이 민족을, 나라가 나라를 대적하여 일어날 것이다(마태복음 24장 7절)'라는 문장을 전 세계에 공표하자 마치 모든 국가들이 기다렸다는 듯이 전쟁을 시작하면서 제 3차 세계 대전이 시작되는 꿈이었다.

핵무기와 미사일이 공중에 비 오듯 날아다니고, 온통 지옥 같은 시뻘건 화염 속에서 루벤 박사가 박쥐들과 함께 모두 입에 피거품을 물고 그를 향해 공격해오는 소름끼치는 장면이 아직도 아른거렸다.

사라진 바이러스연구소/산마리노

제임스 박사가 산마리노의 루벤 바이러스연구소를 다시 찾은 것은 3월 중순이었다. 지난 번 방문부터 계산해보니 벌써 5개월 반이라는 시간이 흐른 셈이었다.

그는 지난번과 같이 광장에 주차한 후 기억을 더듬어 미로 같은, 중세 분위기가 물씬 풍기는 골목을 따라 올라가 연구소를 찾았다.

띠리링!

이곳까지 올라오느라 숨이 턱까지 차오른 그는 도착하자마자 초인종을 몇 초 동안 힘껏 눌렀다.

"누구세요?"

50대 중반의 현지인 여성이 문을 열고 나왔다. 약간 통통한 체형에 눈빛은 아주 차분했다.

"루벤 박사님을 뵈러 왔습니다."

그는 정중하게 대답했다.

"번지수를 잘못 찾으신 것 같은데요?"

"예?"

그는 그녀의 대답에 깜짝 놀랐다.

"그런 사람 들어 본 적이 없는데요."

"그럴 리가요."

그는 반쯤 열린 문을 통해 안을 슬쩍 들여다봤다. 안은 살림살이가 가득한 평범한 가정집이었다.

건물 주위를 살펴보니 입구에 조그맣게 서있던 '루벤 바이러스연구소'라는 나무 간판도 사라지고 없었다. 어느 하나 루벤 박사와 연관된 흔적은 눈 씻고 찾아봐도 전혀 보이지 않았다.

"정말 죄송한데 잠깐 안을 살펴봐도 되겠습니까?"

그는 명함을 그녀에게 건네면서 정중히 부탁했다. 그냥 되돌아가기에는 너무 허망해서 건물 안을 살펴보고 눈으로 직접 확인하고 싶었다.

"들어오세요."

명함을 손에 쥔 그녀는 그가 건넨 명함을 한참동안 뚫어지게 쳐다봤다. 그러고는 신중하게 그를 살피며 말했다.

그는 안으로 들어서자마자 지난번에 봤던 박쥐 박제가 있는 쪽으로 고개를 돌렸다. 그곳에는 박쥐 박제뿐만 아니라 액자도 보이지 않았다. 그저 평범한 가정집 세간만이 정리되지 않은 채 산더미처럼 뒤엉켜 있었다.

"혹시 지하실도 볼 수 있을까요?"

당황한 그는 그녀에게 다시 공손히 부탁했다.

"편하게 살펴보세요."

그녀는 여전히 의심스러운 표정으로 그를 안내했다.

그는 계단을 따라 지하실로 내려갔다.

지난 번 봤었던, 바삐 돌아가던 실험실 흔적은 눈을 씻고 찾아봐도 없었다. 그저 골동품 같은 세간들로 가득했다.

"예, 잘 봤습니다."

그의 말에는 힘이 없어 보였다.

"혹시 이곳에는 언제 이사 오셨습니까?"

"어제 오후에 왔는데요."

"며칠 전 부동산 중개업소에서 임대비용을 반값에 해준다고 연락이 와서 이게 웬 떡이냐 하면서 부리나케 옮겼어요."

"실례 많았습니다."

예상치 못한 낭패에 맞닥뜨린 느낌이었다. 어이가 없어 말문조차 막혀버렸다.

"본부의 지원을 받으면서까지 이곳까지 힘들게 왔는데……."

허탈감과 충격이 요란한 충돌을 일으키며 교차하고 있었다.

꽃샘바람이 휙 불면서 그의 볼을 어루만지며 지나갔다. 머릿속이 텅 비어 버린 느낌이었다.

"어디서부터 일이 틀어져 버린 걸까?"

혼잣말로 중얼거리며 왔던 길을 되짚어 서둘러 걸음을 재촉했다.

안개가 양탄자처럼 덮인 광장은 공허했다.

딩동!

그는 서둘러 스마트 폰을 꺼내 문자를 확인해 봤다.

제시카와 요원 2명 대기 중

광장 주차장으로 내려오니 지난번 그를 지원했던 제시카가 30대 초반으로 보이는 다른 남자 요원 2명과 함께 기다리고 있었다. 지난 번 긴급 실무자 회의 때 추가 지원을 약속했던 국장의 약속으로, 혹시라도 모를 상황에 대비하여 차출된 요원들이었다. 이들은 오늘 바이러스연구소까지 제임스 박사와 동행하지 않고 별도로 움직였다. 요원들은 서로 다른 방향으로 10미터씩 떨어져서 은밀하게 임무를 추진했기 때문에 박사 역시 이들의 움직임을 전혀 눈치 채지 못했다.

"제시카! 오랜만이네요."

"예, 오랜만이네요."

"그러게요. 정말 세월 빠르네요."

제시카는 반가운 표정으로 인사를 나눈 후 요원들을 차례차례 소개했다.

"이분은 감염병학 전문가이신 제임스 박사이십니다."

"안녕하세요?"

"처음 뵙겠습니다."

그들은 무표정하고 공허한 시선으로 제임스 박사와 악수를 나눴다. 그러고는 함께 광장이 훤히 내려다보이는 카페에 들어갔다.

"어떤 커피 시킬까요?"

그녀가 물었다.

"예, 에스프레소 부탁합니다."

"저도요."

그는 그들과 함께 나란히 광장을 내려다보며 의자에 앉았다. 광장은 관광객을 실어 나르는 버스들로 분주했다.

"……."

이들 사이에 잠시 팽팽한 침묵이 이어졌다.

카페 카운터 위에 덩그러니 놓여있는 라디오에서 흘러나오는 흐느적거리는 재즈 선율만이 끈적끈적하게 이들을 감싸고 돌았다. 모두들 이 음악 뒤로 숨어버린 듯한 모습이었다. 어쩌면 음악이 이 끔찍한 침묵으로부터 그들을 구원했는지도 모르겠다.

"낭패네요."

제임스 박사가 공허한 표정으로 먼저 말문을 꺼냈다.

"그러게요."

제시카가 시선을 바닥으로 깔며 말했다.

"뭔지 모르지만 정보가 새나가고 있는 것 같아요. 이 임무를 수행하면서 계속해서 느꼈어요."

제임스는 그녀에게 푸념하듯 말했다.

두 사람은 불안한 눈빛으로 서로 마주보았다.

잠시 후 창백한 얼굴의 카페 여직원이 주문한 에스프레소 네 잔을 테이블 위에 올려놓고 카운터 쪽으로 갔다.

아직도 굳은 침묵이 두 사람을 우리에 가둬놓고 있었다.

제시카는 턱밑에 양손을 모으고 테이블에 팔꿈치를 괸 채 그를 가만히 쳐다보았다. 그러고는 커피에서 풍기는 달콤한 향을 사이에 두고 커피 잔을 양손으로 감싸듯 만지작거리기만 했다. 제임스 박사는 바로 옆에 있는 제시카마저 믿을 수 없었기에 커피를 마지막 남은 한 모금까지 마실 동안 더 이상 임무와 관련된 어떤 말도 하지 않았다. 그를 둘러싼 주변 일들이 모두 흔들리며 헷갈리기 시작했다. 커피 향기를 손끝에 여운으로 남긴 채 별다른 말없이 모두들 커피 잔만 홀짝였다. 모두의 시선에는 오늘 일을 언급하지 않으려는 모습이 역력했다.

"아 참! 요새 유행하는 코로나바이러스는 각자 가지고 있는 스마트 폰, 컴퓨터 자판과 마우스, 차량의 운전대, 엘리베이터 버튼, 카지노 칩, 칵테일 잔, 음식점 물 컵, 신용카드, 버스 손잡이, 지하철 에스컬레이터 난간, 악수 등을 통해서도 쉽게 전파되는데 사람들이 아직 거기까지는 생각하지 못하는 것으로 보입니다."

"그러게 말입니다."

그의 말이 끝나자 그녀가 침묵을 깨고 맞장구를 쳤다.

커피를 마신 후 모두 광장에 주차시켰던 차로 돌아왔다.

"로마에 있는 미국 대사관으로 가시나요?"

그녀가 제임스 박사에게 물었다.

"로마는 지금 COVID-19로 시내 전체가 거의 봉쇄 수준이니까 프랑스 남부에 있는 모나코로 가려구요."

그가 대답했다.

"그곳은 왜 가시나요?"

그녀가 눈을 동그랗게 뜨며 물었다.

두 사람의 시선이 잠시 교차했다.

"그곳에서 루벤 박사를 가장 잘 알고 있다는 레옹 박사를 만나보려구요."

"그럼 이번에는 저랑 둘이서만 같이 가게 되나요?"

"예."

"그럼 저 두 사람은 먼저 복귀시키시죠? 그리고 내가 빌린 렌터카를 타고 리미니로 가서 차를 반납한 후 열차로 모나코로 가면 되겠네요."

그가 말했다.

"예."

그녀가 금발머리를 뒤로 쓸어 올리면서 짧게 대답했다.

"수고 많으셨습니다."

제임스 박사와 제시카는 다른 두 명의 요원들에게 작별인사를 했다.

"예, 수고들 많으셨습니다."

작별인사를 마친 두 명의 남자 요원들은 검은색 차량을 몰고 어디론가 떠났다.

제임스 박사와 제시카는 그들의 모습이 멀리 사라질 때까지 지켜봤다. 그러고는 리미니로 가기 위해 차를 몰고 언덕을 내려왔다. 사방에 짙게 드리운 안개 때문에 운전하는데 무척 애를 먹었다.

리미니에 도착한 이들은 렌터카를 반납한 후, 리미니 역에서 일단 로마로 가서 다시 모나코로 가는 열차에 환승하기로 일정을 잡았다.

약 30분 정도 기다리자 로마 행 열차가 리미니 역으로 진입했다. 두 사람은 말없이 열차에 몸을 실었다.

제임스 박사가 터널의 어둠을 이용해 지그시 눈을 감았다. 체중을 이기지 못한 의자가 삐걱거리는 소리를 냈다. 몸이 쑥하고 좌석 밑으로 빨려 들어가는 느낌을 받았다.

잠시 후 열차는 이들의 사정을 아는지 모르는지 선로와 요란한 파열음을 내며 로마를 향해 달렸다. 열차의 바깥 공기가 차창을 어루만졌고, 어느덧 몇 시간이 미끄러지듯 지나갔다.

딩동!

제임스 박사는 로마 테르미니 역 부근에 있는 호텔 방에서 스마트 폰으로 본부의 담당 과장이 보낸 메시지를 확인했다.

오늘 방문한 루벤 연구소 결과 보고 바람

"과장님, 루벤 박사가 바이러스연구소와 함께 소리 소문도 없이 사라져버렸습니다."

메시지를 확인한 그가 과장하고 직접 통화를 하면서 말했다.

"정말입니까?"

"예."

"어떻게 그런 일이?"

담당 과장은 이제야 현실 속으로 들어온 것 같았다.

"내부에서 정보가 계속해서 새나가고 있는 것 같습니다."

그는 담당 과장에게 일종의 불만을 토로했다.

"갑자기 연구소가 통째로 사라진다는 게 말이 됩니까?"

그의 말에는 짜증이 가득했다.

"제가 루벤 박사를 찾아간 이후 그가 긴박하게 무언가 숨기려고 했던 것은 아닐까요?"

그가 물었다.

"상식적으로 판단하면 그렇다고 봐야지요."

담당 과장이 대답했다.

"솔직히 이제는 어느 누구도 믿지 못하겠네요."

그의 말에는 단호함이 물씬 묻어났다.

"이제부터는 보고서도 리포트 오피서에게 보내지 않고 과장님에게 직접 보낼 예정이니 잘 처리해주시기 바랍니다."

"잘 알았습니다."

그가 담당 과장에게만 직접 보고를 한다는 의미는 혹시 정보가 또다시 새나갈 경우 책임 소재가 과장 한 사람으로 명확해지기 때문이었다.

"내일 아침 모나코로 가는 열차로 갈아탈 예정입니다."

"부디 몸조심하세요. 굿 럭Good Luck!"

인사를 마치자마자 피곤에 절어서인지 금방 잠에 빠져버렸다. 사방이 금방 캄캄한 어둠에 고스란히 묻혀버렸다.

거리는 온통 짙은 안개로 뒤덮여있었다. 이들에게는 다음날 모나코로 가기 위해 충분한 휴식이 필요했다.

제시카와 인사를 한 후 제임스 박사는 객실에 들어섰다. 그는 여행의 피로 때문에 저녁 식사도 거른 채 침대에 몸을 뉘었다.

얼마나 시간이 지났을까…….

띠리링. 띠리링.

밤의 적막을 깨고 제임스 박사의 개인 휴대폰으로 벨 소리가 성가시게 울렸다.

그는 잠이 덜 깬 얼떨떨한 상태로 손을 더듬거리며 전화기를 겨우 찾아냈다. 화면을 보니 한국 발신 전화였다. 뭔지 모를 불길한 예감이 뇌리를 스치고 지나갔다.

"여보세요?"

그는 근심스러운 목소리로 말했다.

"재철이냐?"

숙모였다.

그녀의 전화 목소리에는 슬픔이 가득했다.

"무슨 일 있어요?"

"네 삼촌이 코로나바이러스 확진 판정을 받고 1주일 전에 병원에 입원했었는데 오늘 합병증으로 돌아가셨단다."

"네?"

그는 순간적으로 놀라 멈칫거렸다. 자신의 귀를 믿을 수가 없었다. 그의 머릿속에는 갑자기 안개가 뿌옇게 끼기 시작했다.

2002년에는 부모님이 사스 전염병 때문에 돌아가셨는데, 이번에는 그동안 아버지 역할을 해왔던 삼촌이 코로나바이러스로 돌아가셨단다.

"제가 가볼 수 없는 처지라 죄송해요, 숙모!"

"괜찮아, 그래도 사망 사실은 알려주어야 할 것 같아서……."

"네, 잘 알았어요. 숙모도 몸조심하시구요."

"오냐, 너도 객지에서 건강에 특히 조심해라."

그녀는 무척 걱정스러운 목소리로 말했다.

"네 부모 생각을 하면……."

말끝을 흐리며 흐느끼는 소리가 전화기를 통해 생생하게 들려왔다.

그는 그녀를 한참 달래며 겨우 수습을 했다.

"저 일이 있어서 이만 끊을게요."

그는 더 이상 말을 잇지 못한 채 전화를 끊었다. 그리고는 시선을 바닥으로 떨어뜨리며 한동안 멍하니 상념에 잠겼다. 가슴이 갈기갈기 찢겨져나가는 고통에 잠이 확 달아났다. 코로나바이러스가 그의 마지막 희망까지도 무참히 삼켜버린 느낌이 들었다.

그가 미국에서 힘들게 감염병학 박사과정까지 마치게 된 동기는 전염병으로 부모님이 사망한 영향이 가장 컸다. 그리고 아직까지도 독신으로 홀로 지내는 것 역시 그 트라우마에서 벗어나지 못했기 때문이었다.

부모님과 삼촌의 사망에 대한 죄책감으로 얼룩진 깊은 슬픔과 동시에 가족에 대한 뼈에 사무치는 그리움이 밀물처럼 밀려들어왔다. 지금까지 걸어온 길을 찬찬히 돌아보았다. 오늘 밤 겪은 일들이 모두 남의 일이었으면 좋겠다는 생각을 했다. 꿈의 편린처럼 모든 것이 그의 뇌리 속에서 녹아 없어지길 바랐다.

"아, 아, 안 돼!"

그날 새벽, 그는 잠자리에서 화들짝 놀라 고함을 질렀다.

피범벅이 된 좀비들이 루벤 박사와 함께 바이러스를 퍼뜨리려고 마귀처럼 그에게 달려드는 악몽을 꾸는 바람에 그만 새벽에 잠이 깨고 말았다.

얼마나 잤는지 좀처럼 가늠할 수 없었다. 다시 잠을 자려고 부단히 노력했으나 엎치락뒤치락 뒤척일 뿐 좀처럼 잠을 이룰 수 없었다. 그는 길게 한 숨을 내쉬며 그림자처럼 쫓아다니는 악몽을 떨치려고 고개를 좌우로 세게 흔들었다.

방은 아직도 평소의 어둠 속에 잠겨있었다. 시계를 쳐다봤다. 아침까지는 아직 몇 시간이 남아있었다. 그는 푸르스름한 새벽의 어스름 속에 고요히 잠들어있는 로마 시내의 침묵에 아무 생각 없이 전신을 내맡겼다.

제임스 박사 일행이 유럽에 있는 시각.

CIA본부에서는 지난번에 이어 긴급 실무자 회의가 연속으로 열렸다. 사안이 사안인지라 회의를 통해 되도록 여러 전문가들의 의견을 최대한 수렴해 백악관에 보고서를 신속히 전달해야

하는 긴박한 상황의 연속이었기 때문이었다.

"최근 COVID-19 진단시약의 기준이 되는 유전자는 어떤 것인가요?"

국장은 자리에 앉자마자 앞자리에 앉은 질병통제예방센터 과장에게 물었다.

"현재 RT-PCR 검사용 진단 시약을 만들 때 기준이 되는 유전자는 RdRP유전자, E유전자 그리고 N유전자입니다."

질병통제예방센터 과장은 숨을 가다듬은 뒤 계속 말했다.

"RdRP유전자와 N유전자와의 민감도 차이가 COVID-19 감염여부에 대해 음성, 양성을 판단하는데 있어서 영향을 줄 수도 있습니다."

"좀 더 쉽게 설명바랍니다."

질병통제예방센터 과장 옆 자리에 앉아있는 한 참석자가 그를 돌아다보며 말했다.

"N유전자가 RdRP유전자와 비교해서 민감도가 약 7배에서 최고 43배까지 높다는 결론입니다."

"물론 긍정적 결과겠죠?"

국장이 그를 보고 다시 물었다.

"예, 그렇습니다. 퇴원을 앞둔 환자로부터 '가짜 음성'을 잡아낼 정도로 민감도가 뛰어나 세계보건기구에서도 이를 권장하고 있습니다."

"계속 업데이트 부탁드립니다."

국장은 그를 쳐다보며 당부했다.

"국장님, 최근 중남미를 대표하는 페루의 거장 소설가인 '바르가스 요사'가 스페인과 페루 유력지에 '중세로의 회귀'라는 칼럼을 싣자마자 페루 주재 중국대사관이 강력하게 반발하고 나섰습니다."

국무부 과장이 국장에게 말했다.

"무슨 내용인데요?"

국장이 그에게 물었다.

"그가 칼럼에서 COVID-19 사태를 중세 유럽의 흑사병과 비교하면서, '중국이 독재정권이 아니라 자유로운 민주국가였다면 세계에 이런 일이 절대 일어나지 않았을 것이라는 점을 아무도 주목하지 않는 것 같다'라고 말한 대목입니다."

"제대로 말했는데……."

한 참석자가 맞장구를 쳤다.

"그는 또 '백신을 만들 수 있는 시간을 많이 허비했다'라고 지적하며 '중국은 이미 전염병이 널리 확산된 후에야 전염병의 출현을 인정했다'라고 비판했습니다."

"이 소설가가 신문 칼럼 서두에 '중국에서 온 바이러스'라고 표현한 부분에 대해 중국 대사관이 특히 민감하게 반응하면서 유감을 밝혔습니다."

"음, 그런데 이 소설가가 언제 노벨문학상을 받았죠?"

다른 참석자가 그에게 물었다.

"2010년입니다."

"아, 그렇군요."

"이 건과 관련해서 약 5천만 명이 사망한 1918년의 '스페인 독감'의 발원지가 지금까지도 밝혀지지 않았다는 사실을 상기해야겠네요, 음……."

국장이 의미심장한 표정으로 말했다.

"최근 우리와 COVID-19 사태를 놓고 갈등을 빚는 중국을 군사적으로 압박하기 위해 우리 군이 이번에는 남중국해에서 전략 폭격기와 정찰기, 공중 급유기를 동원한 비행 훈련을 펼쳤습니다. 일종의 무력시위인 셈이죠."

국방부에서 참석한 한 참석자가 말했다.

"트럼프 대통령은 오늘도 기자들 앞에서 '중국 바이러스'라는 표현을 명확하게 사용하면서 이번 사태에 매우 단호한 입장을 보이고 있습니다."

국무부 과장이 다시 말을 꺼냈다.

"최근 대통령이 매일 기자들 앞에서 브리핑을 해야 할 정도로 이번 사안은 매우 심각합니다."

"최근 모든 나라들이 국경을 봉쇄하고 빗장을 걸어 잠그는 민감한 상황은 서로 다른 국가나 민족을 배척하고 과거의 민족주의로 되돌아갈 가능성을 높게 만들고 있는 실정입니다."

미국 국토안보부(DHS)에서 참석한 과장이 조심스럽게 말을 꺼냈다.

"이럴 때 아주 사소한 사건으로도 분쟁이나 더 나아가서는 전쟁이 일어날 수도 있다는 게 문제입니다. 1982년 우리의 우방인 영국과 아르헨티나 사이에 벌어진 '포클랜드 전쟁'이 그 대표적인 사례입니다."

"아르헨티나는 동해안으로부터 480킬로미터 지점에 위치한 포클랜드가 자국의 영토임을 주장했지만, 1833년 이후 이 제도를 점령해서 통치해오던 영국은 아르헨티나의 영유권 주장을 계속해서 묵살했습니다. 결국 아르헨티나가 먼저 영국과의 협상을 포기하고 군사적 침공을 개시한 사건이었죠."

"전혀 예측하지 못했던 '현대판 전쟁'이기도 합니다."

한 참석자가 말을 거들었다.

"'2020 올림픽'을 주최하는 일본 입장에서는 COVID-19 사태로 인한 국내 확진자 문제, 경제 침체로 인한 올림픽 연기나 취소 문제가 들끓고 있는 이 시점에 예를 들어 한국과의 수출 규제, 비자 중단, '독도 문제'를 들고 나오는 등 국내 여론을 돌리기 위해 할 수 있는 갖가지 방법을 동원 할 수도 있습니다."

"2020 올림픽 개최에 대한 국제올림픽위원회(IOC)의 입장은 어떻습니까?"

국장이 올림픽 위원회 관계자에게 물었다.

"혼란을 차단하기 위해 '올림픽 연기나 취소는 없다'라는 것이 현재까지의 입장입니다."

"이견은 없었습니까?"

국장이 천천히 물었다.

"현재 올림픽 예선전이 중단된 상태에서 과연 올림픽이 정상적으로 열릴 수 있는가에 대해 일부 국가의 올림픽위원회와 선수들이 계속 문제를 제기하고 있는 실정입니다."

"예, 오늘도 수고들 많았습니다."

"세계보건기구(WHO)가 일을 제대로 안하는데 누가(who) 그 일을 대신 한단 말인가?……."

국장은 이렇게 혼자 중얼거리며 어두운 표정으로 자리에서 일어났다.

루벤 박사의 배경

역사적으로 수 백 년 동안 금권에 대한 끝없는 욕망의 역사를 써내려온 로스차일드 가문인 루벤 박사의 배경에 대해서는 CIA 본부에서도 소문이 무성했다.

제임스 박사는 담당과장이 다시 보내온 보고서를 신중하게 읽어 내려갔다.

로스차일드 가문에 대해서는 다음과 같이 요약되어 있었다.

독일-유대계 혈통의 세계적인 금융 가문인 로스차일드Rothschild는 '붉은 방패'라는 뜻을 가지고 있으며, 독일에서는 '로트 실트', 프랑스에서는 '로 쉴드'로 불린다.

로스차일드 가문의 문장에는 라틴어로 '협력', '성실', '근면'이란 글귀와 함께 화살 5개를 손에 쥔 그림이 그려져 있는데, 5개의 화살은 로스차일드

1세 남작인 네이슨 메이어의 아들 5형제를 뜻한다.

이들은 특유의 성실함과 신용으로 돈을 벌며 가문을 일으킴으로써, 1800년에는 프랑크푸르트의 제일가는 부자가 되었다.

나폴레옹 시대에는 유럽 대륙 전체가 전쟁 상황이었기 때문에 막대한 군사비를 융통해줄 수 있었고 당시 왕실, 정치가, 투자가들이 모두 함께 신뢰할 수 있는 금융업자에 대한 시대적 요청이 있었다.

그 결과물로서 정치를 읽는 뛰어난 안목, 정보 수집 능력, 가족 간의 협조, 그리고 화폐를 다루는 기술을 모두 갖춘 로스차일드 가문이 존재할 수 있었고, 이는 금융업자가 정치가와 함께 권력을 쥐락펴락 하는 시대가 왔음을 알리는 시발점이 되었다.

다섯 아들인 암셀, 살로몬, 네이션, 카를 그리고 자크는 유럽 5개 주요 도시에 로스차일드 은행을 세움으로써 역사상 최초의 다국적 국제금융 그룹이 탄생하였다. 1800년 로스차일드 가문은 프랑크푸르트 제일의 유대인 갑부가 되었다.

1815년 워털루 전투에서 로스차일드 은행은 영국 정부보다도 빠른 정보력을 이용하여 하루 먼저 전쟁의 결과를 파악해서 결과적으로 영국 국채 시장을 장악하고 더 나아가 대영제국의 화폐 발행까지 쥐락펴락하는 위치에 오른 사례는 유명하다.

1825년에는 런던에서 발생한 금융 공황 당시 사람들이 파운드를 금과 교환하기 위해 잉글랜드 은행으로 몰려가는 사태가 발생하였다.

이때 로스차일드 가문은 유럽 내에 퍼져있는 자체의 금융망을 이용해 대량의 금을 조달하고 더 나아가서 금과의 태환을 보증함으로써 잉글랜드 은행을 구하는 데 있어 구세주 역할을 톡톡히 했다.

이 사태 이후 로스차일드 가문의 영향력은 더욱 더 강화되었는데 훗날 신흥국 미국의 금융에도 유럽의 유대인 은행이 커다란 영향력을 행사하며 미국 달러 발행에도 깊숙이 관여하는 발판을 만들게 되었다. 주목할 만한 대목은 20세기 초반까지 로스차일드 가문이 주무른 재산은 세계 총 재산의 50% 정도로 추정된다는 점이다.

역사를 살펴보면 유대인들은 돈 거래를 할 때 차용증을 무기명 채권으로 유통시키고 어음할인을 하는 등 일찌감치 유가 증권의 토대를 만들었는데, 그렇게 한 가장 큰 이유로서는 언제 재산을 몰수당할지 또는 추방당할지를 몰랐던 역사적 상황에서 현물 자산을 보유할 필요를 느끼지 못했던 점이 크게 작용했다. 이 사례는 일부이기는 하지만 이런 식으로 발전한 고리대금업(금융업)에 로스차일드 가문을 포함한 수많은 유대인들이 종사했던 것은 어쩌면 숙명론에 가깝다.

한편 소득세 등의 세금이 신설되면서 보유 자산의 상당 부분을 징수 당하고, 소유했던 엄청난 부동산 역시 상속세 납부를 위해 처분할 수밖에 없는 상황이 계속되자 로스차일드 가문의 총 보유 자산이 예전보다 급격하게 줄어들면서 쇠락의 길을 걷고 있다는 주장도 있다.

결론은 로스차일드 가문이 200년 이상 세계 황금시장의 가격 결정권을 독점하는 등 전 세계의 금융과 정치를 주무르고 있는 유대 자본이라는 배경, 항상 베일에 싸여있는 비밀주의, 재산의 외부 유출 금지를 위한 가족 내부끼리의 결혼 등의 사례에서 로스차일드 가문에 관한 추측과 음모론은 지금도 현재 진행형이다.

"과장님?"

제임스 박사는 로스차일드 보고서 요약본을 읽자마자 본부의 담당 과장에게 전화를 걸었다.

"루벤 박사가 로스차일드 가문이라고 하는데 좀 더 구체적으로 설명해주셨으면 해서요."

제임스 박사가 물었다.

"로스차일드 족보를 찾다보니, 로스차일드 다섯 형제 중 암셀 로스차일드가 1800년대 초에 프랑크푸르트에 로스차일드은행 본점을 창립하고, 뒤를 이어 다른 형제들이 각각 유럽 주요 지점을 설립함으로써 세계 최초의 국제은행 그룹이 탄생하게 됩니다."

잠시 후 담당 과장이 설명했다.

"이렇게 시작된 로스차일드 가문의 금권욕은 수백 년에 걸친 투쟁 끝에 결론적으로 미국 정부에 압력을 넣어 연방준비제도라는 희한한 조직을 탄생시켜 마음먹은 대로 달러를 찍어낼 수 있게 되죠."

"루벤 박사는 바로 암셀 로스차일드의 증손자입니다."

"본부에서 루벤 박사에게 그렇게 집착하는 이유는 어떤 연결 고리 때문일까요?"

제임스 박사는 그에게 다시 물었다.

"남북 전쟁의 발발, 미국 대통령 암살 사건, 연방준비은행 설립, 세계 대전, 경제대공황, 국제청산은행, 엘리트 그룹, 빌더버그 클럽, 삼각위원회 등등 역사를 써내려간 주요사건 뒤에는 항상 '보이지 않는 손'이 있었는데 그게 바로 로스차일드 가문이라는 결론 때문이죠."

"지금까지의 관행으로 볼 때, 루벤 박사와 이번 코로나바이러스 사태의 연결 고리도 그 연장선상에 있다는 합리적이 의심이 든다는 말씀이네요?"

"본부에서는 그렇게 심증을 굳히고 있습니다."

담당 과장은 단호하게 말했다.

'그래서 모두들 그렇게 루벤 박사에게 집착하고 있는 건가?'

전화 통화를 끝낸 제임스 박사는 지금까지 루벤 박사를 좇는 과정을 다시 되새겨 보면서 혼자서 중얼거렸다.

침대에 누운 그는 천장을 멍하니 바라보았다. 그동안의 사건들이 주마등처럼 지나갔다.

'계란으로 바위치기'라는 속담처럼 거대한 장벽이 그 앞에 떡하니 버티고 있는 느낌에 마음이 답답해졌다.

레옹 박사와의 만남/모나코

다음 날 아침.

호텔에서 아침 식사를 마치자마자 제임스 박사와 제시카는 로마에서 모나코로 가기 위해 중앙역인 테르미니 역으로 향해 걸었다. 오늘따라 발걸음이 가벼운 탓인지 호텔에서 역까지 약 3분밖에 걸리지 않았다. 거리는 온통 중무장한 경찰과 군인들이 행인들의 이동 경로를 일일이 묻고 있었다.

"어디로 가십니까?"

역 출입구에 서있는, 자동화기로 중무장한 군인 한 명이 이들에게 다가와 물었다.

"모나코로 갑니다."

제임스 박사는 로마 주재 미국대사관에서 발행한 '자유 통행 증명서'을 그에게 보여주었다.

"좋은 여행되세요!"

그는 그들에게 인사말을 건네고는 역으로 들어가도 좋다는 손짓을 했다. 사방을 둘러보니 역 앞을 지키는 몇몇 군인과 경찰들만 보일뿐 거리에는 사람이 자취를 감춰 을씨년스러운 분위기를 연출하고 있었다. 평소 그 많던 인파와 그로 인한 거리의 활력은 온데간데 없고 유령도시처럼 적막감만이 오롯이 거리를 지배하고 있었다.

두 사람은 더운 김을 푹 뿜어내는 역 계단을 내려와 탑승구에 도착했다. 모나코로 향하는 열차는 약 10분 후에 있다는 안내방송이 흘러 나왔다.

조금 있으니 열차가 특유의 훈훈한 바람을 몰고 미끄러지듯 역으로 들어왔다.

이들은 서둘러 모나코로 향하는 열차에 몸을 실었다.

제임스 박사는 열차 창문 밖으로 휙휙 지나가는 풍경을 물끄러미 내다봤다. 남프랑스가 마주하고 있는 지중해 모습이 몸속으로 스멀스멀 들어오는 듯했다.

부호들의 휴양지, 멋, 명품, 품위……

"지난번에도 말했지만 우리는 마치 성궤를 찾아 헤매는 영화나 소설 속 주인공 같은 느낌이 들어요."

"그러게요."

제임스 박사가 그녀의 말에 동의했다.

"모나코는 바티칸 시국에 이어 세계에서 두 번째로 영토가 작은 나라죠."

"지중해를 굽어보는 구릉지대라 그런지 경치가 좋아요."

그녀는 연신 창밖을 내다보며 말했다.

"제시카! 모나코하면 제일 먼저 뭐가 떠올라요?"

"카지노? 그레이스 켈리 왕비?"

그녀가 오랜만에 입가에 짧은 미소를 띠며 대답했다.

"예, 맞아요. 모든 사람들이 다들 똑같이 생각하나 봐요."

"특히 그레이스 켈리가 여왕이 되면서부터 모나코가 전 세계적인 주목을 받았지요."

"박사님! 그런데 왜 아직까지 혼자 사세요?"

제시카가 갑자기 그의 아픈 구석을 찌르는 질문을 했다.

"……"

그는 아무 말도 하지 않았다.

"죄송해요."

그가 침묵을 지키자 그녀가 말했다.

"아니에요⋯⋯."

두 사람이 스쳐 지나가는 차창 밖 풍경을 잊은 채 열심히 대화에 몰입하고 있는 사이에 덜컹거리는 열차는 어느덧 모나코의 '몬테카를로 역'으로 미끄러지듯 진입하고 있었다.

역을 나와 거리를 걸으면서 이들이 제일 먼저 느낀 것은 호화스러움과 세련됨이 철저하게 전 도시에 걸쳐 압도를 하고 있는 모습이었다.

항만에는 수백 억 원 이상 나가는 호화 요트들이, 그리고 거리에는 고급 자동차들이 가득 주차되어 있었다. 그러나 코로나 바이러스 탓인지 모나코 현지인들로부터 풍겨져 나오는 특유의 여유로운 모습은 온데간데 없이 사라져버리고 모두들 굳은 표정이었다.

이들은 공터를 가로지르는 지름길을 통해 '몬테카를로 언덕'으로 걸어 올라갔다. 지형 때문인지 도로의 대부분이 S자 형태로 구불구불했고 길을 따라 조성된 열대 야자수 나무들이 그의 눈길을 빼앗았다.

엽서 속 그림처럼 언덕 위의 고급 저택들, 푸른 바다에 유유

자적 떠있는 새하얀 호화 요트들, 눈앞에 펼쳐지는 눈이 시리도록 해맑은 하늘 그리고 에메랄드빛 지중해 바다 색…… 말로 표현할 수 없는 아름다움이 밀려들어왔다.

그들이 언덕을 다 오르니 그 유명한 '그랑 카지노'가 눈앞에 나타났다. 1878년에 건축된 이 카지노는 유서도 깊고 외관도 예술적으로 매우 아름답게 다가왔다.

이들이 이 카지노를 찾은 것은 루벤 박사와 가장 절친한 지인인 레옹 박사를 만나기 위해서였다. '레옹 박사는 현역에서 은퇴하고 지금은 모나코에서 여생을 보내고 있는데 가끔 이 카지노를 찾는다'는 정보원의 귀띔이 있었기 때문이었다.

레옹 박사 역시 감염병학 분야에서는 세계에서 손꼽히는 석학으로서 그의 논문은 학술지인 '네이처Nature'나 '사이언스Science'에 종종 실렸다. 그가 TV에도 가끔 출연하는 관계로 실제 그를 만난 적은 없지만 만나면 단번에 알아볼 수 있을 것 같았다.

카지노 주차장에는 세상에서 가장 좋다는 차들이 저마다 자태를 뽐내며 도박을 하는 주인을 기다리고 있었다.

이들이 고풍스러움이 물씬 묻어나는 카지노 입구에 들어서자 직원들이 방문객들의 신분증을 일일이 확인한 후 안으로 들여

보냈다.

무지개보다도 더 찬란한 형형색색의 레이저 불빛, 원색의 화려한 실내 장식, 쿵쿵거리며 마음을 들뜨게 하는 음악 등으로 압도적인 분위기를 연출하는 카지노 플로어Floor에는 포키머신 Pocky machine 수십 대가 우측으로 끝이 보이지 않을 정도로 길게 직선으로 늘어서 있었다.

반대쪽으로 가보니 각종 게임테이블Game table에는 도박에 몰두하는, 세계 각국에서 온 수많은 사람들로 넘쳐났다. 바로 뒤쪽 코너에 있는 조그만 무대에서는 이름 모를 4인조 밴드의 공연이 한창이었고 방문객들은 이곳에서 맥주를 들이키며 음악의 선율에 몸을 맡기고 있었다. 카지노의 화려함은 끝도 없는 듯 보였지만 고객들 숫자는 코로나바이러스 탓인지 평소보다 많이 줄었다.

"VIP 룸이 어디 있나요?"

제임스 박사가 직원에게 물었다.

"예, 2층으로 올라가시면 왼쪽 코너에 있습니다."

이들은 직원의 안내에 따라 계단을 따라 2층으로 올라갔다.

제임스 일행은 일단 카지노 숙소에 체크인을 한 후 이곳 카지노 VIP고객들처럼 우아한 차림의 정장으로 갈아입고는 둘이서 다정한 연인처럼 팔짱을 끼고 VIP룸에 들어섰다.

이들이 안으로 들어서자 바닥에는 페르시아산 카펫이 깔려있었고, 고풍스러운 가구와 소파가 은은한 램프 조명과 함께 최고급 호텔 로비 같은 아늑한 분위기를 연출하고 있었다.

창가를 바라보니 이미 이곳에 와있는 현지 정보원이 조용히 눈짓을 하며 룰렛Roulette 테이블에서 도박에 열중하고 있는 머리가 희끗한 노신사를 가리켰다.

그는 앞에 칩을 잔뜩 쌓아두고 옆 사람과 이런저런 말을 주고받고 있었다.

딜러Dealer는 바퀴를 시계바늘과 반대방향으로 돌리면서 동시에 상아로 만든 작은 구슬을 바퀴가 돌아가는 반대방향으로 힘차게 굴렸다.

최소 베팅이 1천달러. 딜러가 고객들에게 외쳤다.

"Bets down, Please!"

그 노신사는 칩을 한 움큼 움켜쥐더니 과감히 베팅을 했다.

"No more bets!"

딜러의 마감을 외치는 소리와 함께 게임에 참여한 고객들은 작은 구슬이 멈추어 설 때까지 구슬의 방향에 집중했다.

"와! 이겼다."

그 노신사는 옆 사람 손을 마주잡으며 어린아이처럼 환호성을 질렀다.

"축하합니다!"

옆 사람이 그와 악수를 하며 말했다.

"오늘은 운이 꽤 좋네요."

그의 얼굴은 금방 백만장자가 된 것 같은 흐뭇한 미소로 가득했다. 그의 뒤에서 지켜보던 제임스와 제시카 역시 맞장구를 치며 환호성을 질렀다.

도박을 멈출 때까지 가만히 지켜보던 제임스 박사는 그가 테이블에서 일어서자 그의 동선을 지켜봤다.

"One Shot Please!"

그는 VIP룸 코너에 마련되어있는 바의 의자에 앉더니 위스키 한 잔을 주문했다.

"스트레이트Straight로 한 잔 드릴까요?"

"예."

직원은 조그만 유리잔에 위스키 한 잔을 그에게 따라 주었다.

그는 위스키 잔을 코에다 대고 한참동안 향기를 맡더니 이내 목으로 잔을 털어 넣었다.

제임스 박사 일행은 조용히 그에게 접근했다.

"레옹 박사님 아니세요?"

제임스 박사가 목소리를 한껏 낮추며 물었다.

"누구신지요?"

그는 둥그런 눈을 크게 뜨고 하얀 눈썹을 치켜세우며 물었다. 그러고는 안경 너머로 이들의 얼굴을 눈으로 찬찬히 더듬으며 쭉 훑어봤다. 그의 얼굴에는 이들을 경계하는 표정이 역력했다.

"저는 미국 캘리포니아에 있는 바이러스연구소에 근무하고 있는 제시카라고 합니다."

그녀는 미리 준비한 명함을 그에게 건네주면서 인사를 했다.

"어쩐 일이신지요?"

그는 이들의 속마음을 읽어내려는 듯 응시하며 물었다.

"다름이 아니라 박사님이 지난번 학술지 '네이처'에 올리신 '혈액 내 항체와 바이러스와의 상관관계'라는 논문을 읽고 매우 인상이 깊었던 차에 이곳에 왔다가 우연히 박사님을 뵙게 되어 인사를 드리는 겁니다."

"뵙게 되어 영광입니다."

제임스 박사와 제시카가 번갈아 말했다.

"아, 그러셨군요."

"무엇이라도 마시죠?"

그는 이들에게 시선을 쏟으면서 권했다.

"아, 괜찮습니다."

제임스 박사가 최대한 예의를 갖추며 정중하게 거절했다.

"혹시 루벤 박사님 근황은 어떠신가요?"

그는 다시 큰 눈을 껌뻑거리며 제임스 박사의 눈을 응시했다.

"루벤 박사님 역시 저희가 존경하는 석학이신데 박사님하고
는 절친 관계라는 이야기를 들어서요."

제임스 박사가 찬찬히 말했다.

"아! 그래요? 그 친구 지금 리히텐슈타인에 있는 것으로 알고
있는데요."

"그렇군요."

그의 말에 제임스 박사는 실타래가 풀렸다는 듯한 표정을 지
으며 말했다.

"오늘 보니까 도박을 꽤 잘하시던데요?"

"내가 도박하는 것을 쭉 지켜봤나 봐요? 하하하."

그는 호탕하게 웃었다.

"편히 쉬세요, 저희는 다른 약속이 있어서요."

"오케이, 잘 살펴가세요!"

그는 손을 내밀어 악수를 청했다.

악수를 마친 두 사람은 그의 담담한 인사말을 마지막으로 VIP룸을 나왔다.

카지노 창문을 통해 밖을 내다보니 이미 시간은 늦은 오후마저 훌쩍 넘겨 지평선 위로 내려앉은 초저녁의 석양이 모나코의 풍취를 대신하고 있었다. 카지노 정원에 조성된 분수에서는 음악과 함께 물이 하늘높이 솟구치고 있었고, 저 멀리 모나코 항을 끼고 정박해있는 호화 크루즈 선내에서의 승객들의 웃음소리가 알록달록한 조명과 함께 이곳까지 전해졌다.

"와우!"

두 사람은 현란한 경치에 나지막한 탄성을 내질렀다. 이들은 타르처럼 까만 밤하늘에서 빛나는 별들을 태어나서 처음 보는 것처럼 얼굴 표정이 아주 진지했다.

엘리베이터를 타고 숙소 복도로 올라온 제임스 박사는 제시카를 묵는 방 입구까지 배웅한 후 자기 방으로 들어왔다.

방으로 들어온 제임스 박사는 문틈 사이로 하얀 메모지 한 장이 바닥에 놓여있는 것을 발견했다.

오늘 레옹 박사와의 미팅 결과 보고 바람

이곳 현지 정보원이 남긴 종이 메모였다.

제임스 박사는 여느 때처럼 노트북을 열고 본부의 담당 과장에게 '루벤 박사가 리히텐슈타인에 있다'는 첩보를 정리해서 전송했다.

7층 룸에서 내려다 본 모나코 항구의 휘황찬란한 야경은 눈이 시리도록 아름다웠다.

CIA본부 회의실에서는 오늘도 여느 때처럼 코로나바이러스와 관련한 회의가 열렸다.

"오늘 대통령이 미국인을 대상으로 전 세계 모든 국가의 출국을 금지하는 방안을 발표했습니다."

국장이 심각한 표정으로 회의 서두에서 말을 꺼냈다.

"최근 중국, 이란, 유럽연합으로부터 입국을 금지하는 조치에 이어 나온 '건국 이래 최초의 국경 봉쇄조치'라고 보면 됩니다."

"그만큼 상황이 심각하다는 반증이네요?"

"예, 그렇습니다. 현재 이곳 COVID-19 확진 환자수가 20배로 급격하게 확산하는 바람에 우리 국민을 대상으로 여행권고 단계 중 최고 단계인 '여행 금지'로 상향했습니다."

"전 국민을 대상으로 하는 '현금 지원패키지'는 어떻게 진행되어가나요?"

국장이 재무부 과장에게 물었다.

"의회에서 이 안이 통과되면 성인 1인당 1천 달러, 자녀 1명 당 500달러를 지급하고 추이를 보면서 6주 뒤에 더 지급할 계획입니다. 우리 계획은 당초 1조 3천억 달러를 넘어 최고 2조 달러까지 늘어날 전망인데, 일본은 353조원 규모의 비상 대책을, 유럽중앙은행(ECB)은 긴급 채권 매입 결정을 내리는 등 세계 각국이 모두 비상대책을 강구하고 있는 상황입니다."

"음, 모두들 필사적으로 대응하는 모습이네요."

"문제는 전 세계적으로 이런 자구책을 강구했음에도 불구하고 경제가 살아나지 않는다면 1929년에 인류가 겪었던 세계 대공황과 같은 불행한 국면으로 진입할 수 있다는 점입니다."

"……."

침통한 분위기가 회의실을 감싸고돌았다.

"주식시장에 투기세력이 개입한 흔적은 없던가요?"

침묵을 깨고 국장이 얼굴을 찌푸린 채 재무부 과장에게 다시 물었다.

"투기 세력들은 COVID-19 사태를 빙자하여 주가 폭락 시 최대의 이득을 얻기 위해 대규모로 풋 옵션Put Option등 각종 파생상품에 풀 배팅을 하는 바람에 전 세계 주식시장이 붕괴되기 일보 직전입니다."

"현재 정크본드Junk bond의 자금 경색에 이어 우량 투자등급의 회사채도 불안합니다."

재무부 과장이 덧붙였다.

"현재 신용평가사 스탠더드앤드푸어스S&P는 다우존스산업평균지수DJIA 편입 종목인 보잉Boeing의 신용 등급을 'A-'에서 'BBB'로 한 단계 강등시킴으로써 정크본드 문턱까지 와있는 상태입니다."

"이렇게 되면 헤지펀드hedge fund, 뮤추얼펀드mutual fund들의 환

매 압박을 키우면서 금융시장은 그야말로 패닉panic 상황이 되어 버리죠."

"금융시장이 실제 눈에 보이는 데이터보다 눈에 보이지 않는 공포에 짓눌려 움직이고 있기 때문에 이것이 변동성을 키우고 있는 상황입니다."

연방준비제도FRS 측에서 참석한 과장이 말을 거들었다.

"현재 전 세계 국가들이 짊어지고 있는 부채 액수가 사상 최고치를 기록하고 있기 때문에 조만간 역대 최악의 경제 위기가 발생할 확률이 높습니다."

"과거 사례는 어떠했습니까?"

한 참석자가 물었다.

"1980년대의 중남미 외채 위기, 1997년의 아시아 외환위기, 2008년의 글로벌 금융 위기 이렇게 세 번을 대표적인 사례로 손에 꼽고 있습니다."

"문제는 세계은행IBRD이 '네 번째 경제 위기가 서서히 다가오고 있다'고 경고하고 나섰다는 점입니다."

"경제 위기가 발생한 주기를 보면 대체로 10여년 조금 지난 기간마다 규칙적으로 반복하는 형태를 보이고 있습니다."

금융권에서 참석한 한 참석자가 말했다.

"경제 순환 사이클이 경제 위기의 바닥에서 치고 올라가 고점을 거쳐 다시 바닥으로 추락하는 기간이 경험 상 대략 그 정도로 나타나고 있다는 뜻입니다."

"전 세계 상위 8개국의 기업부채가 19조 달러에 달해 조만간 디폴트default 위험이 있다는 예상도 있습니다."

"더군다나 실업자수당 신청 건수가 1982년의 2차 오일쇼크Oil shock때 보다 3배 가깝게 늘었습니다."

통계청 과장이 말을 꺼냈다.

"더군다나 월스트리트저널WSJ은 '소비자들이 1929년 대공황 이후 최악의 신용경색에 직면해 실직한 서민들이 대거 신용불량자로 전락하는 상황'이라는 경고성 기사를 실었습니다."

"음……."

국장은 잠깐 손으로 턱을 괴면서 생각에 빠지는 듯했다.

"'그들'의 수법은 항상 공포 분위기를 조성하면서 위기를 만들어 최대의 이익을 얻곤 하죠."

국장은 까칠한 수염을 어루만지며 말을 이어나갔다.

"'그들'은 과거의 전통적인 테러, 전쟁이라는 방법을 벗어나 이번에는 전염병이라는 방법을 동원한 것은 아닌지 의구심이 드네요?"

국장은 주위의 참석자들을 한번 휙 둘러보고는 동의를 구하는 표정을 지었다.

"우리 CIA 특수 부서에서 현재 유럽에서 그 부분을 확인하는 임무를 수행하고 있는 중입니다."

모두들 조용히 국장의 입만 물끄러미 바라봤다.

"COVID-19 관련한 최근 이슈는 어떤가요?"

국장이 화제를 바꿨다.

"국제 학술지인 '중국 병리학 저널Chinese journal of pathology'에 의하면, 중국 의료진이 확진 사망자를 부검한 결과 '사망자 폐에서 바이러스 검출과 함께 폐섬유증Pulmonary fibrosis과 광범위한 급성 폐포Pulmonary alveolus 손상을 동반했다'는 보고가 있습니다."

질병관리통제센터 과장이 말을 꺼냈다.

"COVID-19와 관련해서 그동안 침묵을 지켰던 중국 측 입장에서 학술지를 통해 공식적으로 발표한 모양새를 갖췄네요."

"그렇습니다."

"우리와 중국이 경쟁적으로 줄기세포 치료 연구에도 박차를 가하고 있습니다.”

"최근 시진핑 주석이 마스크를 벗은 채 COVID-19의 발원지인 우한 지역을 행보하며 주민들과 대화하는 모습을 언론을 통해 자주 노출시킨다는 것은 무엇을 의미하겠습니까?”

"바이러스 발원지는 중국이 아니고 미국이 우한에 퍼뜨리는 바람에 지금 전 세계적으로 팬데믹 상태로 발전한 상태라는 뜻입니다. 또한 중국은 COVID-19와의 전쟁에서 승리했다는 메시지를 우리에게 던지고 있는 것이죠.”

"이미 배포한 자료 중 현대 역사학자로서 주목을 받고 있는 '유발 하라리Yuval Harari'교수가 언급한 내용을 모두들 함께 음미했으면 합니다.”

인류는 선택을 해야 한다.

우리는 분열의 길을 갈 것인가 아니면 글로벌 연대의 길을 걸을 것인가.

우리가 분열을 선택한다면 위기는 장기화될 뿐만 아니라 미래에 더욱 큰 재앙으로 나타날지도 모른다.

우리가 글로벌 연대를 택한다면 이는 코로나바이러스를 상대로 한 승리가 될 뿐만 아니라, 21세기의 모든 전염병을 상대로 한 승리가 될 것이다.

루벤 박사를 찾아서/ 리히텐슈타인

다음 날 아침.

제임스 박사는 '리히텐슈타인'으로 가기 위한 일정 때문이었는지 눈이 일찍 떠졌다. 호텔 창문을 통해 내려다 본 모나코 항만은 눈에서 떨어지지 않았다.

카지노 호텔방에서 주섬주섬 옷가지를 챙긴 그는 제시카와 함께 열차시간에 맞추기 위해 서둘러 역으로 향했다.

"제시카! 짐작은 했지만 리히텐슈타인이 이렇게 부자 나라인 줄 몰랐네요, 하하"

열차에 오른 그는 차창 밖을 내다보며 알프스 산맥의 정취에 멍한 표정으로 몰입된 그녀를 향해 말을 꺼냈다.

"그러게요."

"외교와 국방은 스위스에 의존하고 독일어를 사용하는, 세계에서 6번째로 작은 나라이죠. 1인당 GNP가 10만 불이 넘고 왕가가 소유한 부의 규모가 영국 왕실을 능가해 유럽 최고라는 사실에 깜짝 놀랐어요."

이렇게 말을 마친 그녀는 이번 미션 역시 쉽지 않을 것이라는 직감 때문인지 갑자기 얼굴 표정이 어두워졌다.

"아, 그리고 어제 만났던 레옹 박사에게서 무엇인가 특이한 점을 발견하지 못했나요?"

"아무 것도 발견하지 못했는데요."

그녀가 대답했다.

"레옹 박사도 루멘 박사와 똑같은 박쥐 문양의 금반지를 손가락에 끼고 있었어요."

"아, 그래요? 거기까지는 관찰하지 못했는데요."

"그들이 모두 같은 박쥐 문양의 반지를 끼고 있다는 것을 보면서 그들이 일종의 비밀결사조직의 일원이라는 느낌이 문득 들었어요."

"'프리메이슨free and accepted masons' 단원은 대부분 처음부터 기존의 종교 조직들로부터 심한 탄압을 받았기 때문에 대부분 비밀결사의 성격을 띠었죠. 그들은 기존 종교와는 결이 많이 다른 종교적 요소들을 많이 갖고 있어요."

"최근의 코로나바이러스 사태를 야기했다고 추정되는 '그들'이 어디에 있는지를 알아내는 것이 이번 임무의 목표인데, 마치 '미션 임파서블Mission Impossible'같이 거대한 장벽을 만난 느낌이 들어요."

"때로는 '그들'이 어떤 일을 하던 그냥 내버려두고 가만히 지켜보는 게 좋을 것 같기도 해요."

그녀는 마치 허공에서 뭔가를 찾듯 목을 젖히고 가벼운 한숨을 내쉬며 말했다.

"그러니까 본부에서 제시카 같은 유능한 요원을 지원해준 것 아니겠어요, 하하하."

둘이 대화를 하는 사이 열차는 중간쯤 달리다가 선로가 고장이 났다며 떡하니 멈춰 서버렸다.

리히텐슈타인으로 가기 위해서는 스위스 취리히에 인접한 '부크스 역'에서 내려 차를 타고 들어가야 하는데 보통 낭패가 아니었다. 약 한 시간 반을 기다려도 복구가 될 기미가 보이지 않자 승객들이 웅성거리기 시작하면서 열차 내부가 재래시장처럼 시끌시끌해졌다.

제임스 박사 역시 'COVID-19 사태로 혹시 국경을 통제했나' 하고 사방을 두리번거렸다.

30분 쯤 하릴없이 더 시간이 흘러가버렸다.

50대 초의 약간 뚱뚱한 역장이 분주하게 뛰어다니면서 결국 임시 버스를 배정하여 다음 기차역까지 버스로 승객들을 수송하기 시작했다.

이들은 배정해준 버스로 약 40 여분 더 달려 인근 역에 내려 다시 원래 노선을 따라 가는 열차를 기다리느라 30분을 더 허비하고 말았다. 시간 낭비와 짜증이 극에 달할 무렵 원래의 노선 열차가 도착했다. 결국 이들은 예상보다 약 4시간이나 늦게 스위스 부크스 역에 내릴 수 있었다.

제임스 박사는 역에서 내리자마자 렌터카를 빌려 리히텐슈타인의 수도인 '파두츠' 중심가로 향했다.

이들이 파두츠에 도착한 시간은 저녁 무렵이 다되어서였다.

이곳은 모나코와 마찬가지로 COVID-19 확진자는 손가락으로 꼽을 정도로 초기 단계라 그런지 국경 통제 상황은 피할 수 있었다.

제임스 박사는 미리 예약한 숙소에 자리를 잡자마자 스마트 폰을 꺼내 현지 정보원에게 도착 메시지를 보냈다.

딩동!

조금 있으니 현지 정보원이 회신을 보내왔다.

타깃 이동 포착

다음 장소 '안도라' 예상

그는 갑자기 기진맥진한 사람처럼 허탈했다.

"루벤 박사가 안도라로 이동한다는 정보네요."

호텔 레스토랑에서 저녁식사를 하면서 제임스 박사는 제시카에게 말했다.

"아까 이곳으로 올 때 열차가 중간에 멈춰 서지만 않았더라면 루벤 박사를 만날 수 있었을 텐데 매우 아쉽네요."

"마치 루벤 박사가 우리의 동선을 미리 알고 사전에 움직이는 것 같지 않아요?"

"그러게요. 루벤 박사와의 숨바꼭질이 어서 끝났으면……."

"왜 루벤 박사는 매번 거처를 옮기고 있나요?"

그녀가 바닥에 눈을 떨어뜨린 채 물었다.

"아마도 우리의 임무에 혼선을 주려고 하는 것 같아요."

"정보가 새는 느낌도 들고요."

제임스 박사는 그녀가 들으라는 듯 근심어린 표정으로 말했다. 그의 목소리에는 불편한 심기가 그대로 묻어나 있었다.

본부에서는 비록 같은 임무를 띠고 활동하는 요원들에게도 지시하는 내용이 서로 달라 각자가 알아서 판단하고 서로를 견제하는 관계였기에 마음 속을 시원히 터놓을 수 없었다.

이렇게 리히텐슈타인의 밤은 아무런 소득 없이 깊어만 갔다.

다음날 아침. 어스름한 새벽을 물리치고 첫 햇빛이 서서히 비쳐오고 있었다.

제임스 박사는 숙면을 취한 후 천천히 잠에서 깼다. 그는 아직도 침대에 남아있는 따스한 기운을 느끼며 잠기운을 떨치려고 무던 애를 썼다.

오늘 안도라로 가기 위해서는 어제 왔던 길을 다시 되돌아가 부크스 역을 거쳐 스위스의 취리히 역에서 환승한 후, 스페인 바르셀로나까지 연결되는 열차를 타야만했다.

호텔에서 식사를 마친 후 역을 향해 차로 이동하는 중에 '파두츠 성Schloss Vaduz', 레드하우스 와이너리Red house Winery등을 지나가게 되었다.

"제시카, 이곳 파두츠를 차로 한 바퀴 도는데 얼마나 걸릴 것 같아요?"

"글쎄요, 한 시간?"

"하하, 20~30분이면 다 볼 정도로 아주 작은 도시에요."

그녀는 그의 말이 끝나자마자 차창을 통해 아기자기한 마을 풍경을 유심히 눈에 담기 시작했다.

부크스 역에 도착한 이들은 렌터카를 반납한 후 역에 있는 조그만 카페에서 에스프레소를 시켜놓고는 약간의 여유를 찾았다. 잠시 휴식을 취하고 나니 중간 기착지인 스위스 취리히 행 열차가 도착했다.

그로부터 10분 후 열차가 서서히 출발했다.

이들은 시간에 쫓기다 보니 점심 식사시간을 놓쳐 허기를 느꼈다.

"제시카! 무슨 음식 드실래요?"

"타이 음식인 카레 어때요?"

"오케이, 오랜만에 나도 그걸로 주문하죠."

두 사람은 잠시 업무 이야기는 피한 채 밝고 활기찬 목소리로 일상 대화를 이어나갔다.

잠시 후 웨이터가 주문한 음식을 테이블 위에 놓고 갔다. 카레의 독특한 향취가 은은히 사방으로 퍼졌다.

"제시카! 중세시대에 흑사병 전염을 막기 위해 의사들이 새부리 모양의 마스크를 쓴 모습 어디서 본 적 있죠?"

"아, 봤어요, 약간 우스꽝스러운 모습 말이죠?"

"그런데 그 마스크 필터 역할을 하는 재료가 뭔지 아세요?"

"글쎄요."

"그 속을 허브로 꽉 채워 마스크 필터 역할을 했다고 하네요."

"호호, 허브가 얼마나 효과가 있는지는 모르지만 여하튼 재미있네요."

그녀가 흥미로운 표정으로 말했다.

"그리고 평상시 사람들이 한 시간 동안 무의식적으로 몇 번이나 얼굴을 만지는 줄 아세요?"

"글쎄요……."

그녀가 궁금한 표정으로 제임스 박사를 쳐다봤다.

"한 연구실에서 실험을 했더니 자그마치 5번에서 15번까지 만지더래요."

"그만큼 우리가 평소에 바이러스에 감염되기 쉽다는 것을 경고하는 사례이죠."

"가만히 생각해보니 그러네요."

"그런데 어제 우리가 리히텐슈타인으로 온 이유가 뭔가요?"

그녀가 차분한 미소를 머금으며 그에게 물었다.

"이 나라는 세금 부담이 매우 가볍기 때문에 외국인들이 지주회사를 설립하기 쉬워요. 수도인 파두츠에만 약 2천 개 이상의 회사들이 등록을 해놓은 상태에요. 본부에서 루벤 바이러스연구소와 관련된 모든 정보를 분석하던 중 연구소의 자회사 하나가 이곳에 등록되어있다는 사실을 포착해서 이곳에 오게 되었어요."

"이곳 역시 조세피난처로 각광을 받고 있는데, 특허 로열티 royalty나 라이센싱licensing 수익에 세금이 부과되지 않고 또한 각종 규제도 피할 수 있기에 루벤 박사가 이곳에 자회사를 만들었던 것 같아요."

"그래도 한번 그 주소로 찾아가서 상황을 살펴보는 것은 어땠을까요?"

"가봤자 사람을 만날 수 없어요."

"아니, 왜요?"

"상황을 파악해보니, 이곳에 설립한 자회사는 페이퍼컴퍼니 paper company로서 서류상 등록만 되어있기에 직접 그 주소로 찾아가봐야 아무 소용이 없다는 사실을 나중에야 알게 되었죠."

"보통 법무법인이나 회계법인이 그 일을 대행하고 있어요."

"결국 루벤 박사 때문에 우리가 이렇게 고생하고 있는 것이네요?"

그의 설명이 끝나자마자 그녀가 물었다.

"루벤 박사를 만나면 무슨 이야기를 할 예정이세요?"

"일단 '그들'의 바이러스 백신개발 현황이 어디까지 진행되었는가를 알아봐야죠. 그리고 '최근의 COVID-19 사태를 통해 이득을 보는 사람이나 그룹이 루벤 박사와 어떤 연관성이 있는지'를 밝혀내는 것이 우리의 최종 목표이죠."

"루벤 박사를 만나면 과연 우리가 원하는 대답을 얻을 수 있을까요?"

그녀의 말에 그는 잠시 무엇인가 골똘히 생각에 빠졌다.

"그것은 단지 시간의 문제에요."

그는 짧게 말했다.

열차는 파열음을 내며 선로 위를 달리고 있었다.

본부 회의실에서는 오늘도 상황의 심각성에 따라 열띤 토론이 이어지고 있었다.

"크루그먼 뉴욕 시립대 교수가 트럼프 행정부의 COVID-19 대응을 정면 비판하면서 '트럼프 팬데믹Trump Pandemic'이라고 비꼬았던데요?"

국장이 실무자 회의 서두에서 말을 꺼냈다.

"크루그먼 교수는 2008년 노벨 경제학상 수상자이자 뉴욕타임즈NYT 컬럼니스트로 활동하고 있습니다."

한 참석자가 말했다.

"지난번에는 하라리 교수의 발언도 있었죠."

"갈수록 트럼프 행정부의 입장이 좁아지는 느낌이 드네요."

국장의 표정이 갑자기 어두워졌다.

"최근 어느 중국 변호사가 우리 정부를 상대로 소송을 걸었는데, 'COVID-19를 중국 바이러스로 부르는 행위를 중단하고 중국에 사과하라'는 내용이 소장에 포함되어있었죠."

법무부에서 참석한 과장이 말했다.

"작년 10월에 중국 우한에서 '세계군인체육대회'가 개최되었는데 이때 우리 대표단과 선수들이 우한 화난시장과 인접한 숙소에 묵었던 사실을 근거로 이번 바이러스의 발원지는 중국이 아니고 오히려 우리라고 주장하고 있습니다."

질병통제예방센터 과장이 덧붙여 말했다.

"이번에는 이란이 나서서 우리가 '적대적인 경제 제재를 하는 바람에 전염병에 맞서 싸우는데 필요한 재정적 원천이 제한되었다'며, '국제 사회가 미국에 대항해 행동해야 할 때'라고 공개적으로 주장하고 있습니다."

"이를 두둔하는 기사가 워싱턴포스트에 실렸는데, '우리의 제재로 이란의 바이러스 대응이 방해받았다는 사실은 의심할 여지가 없다'라고 표현하고 있습니다."

"음……."

국장은 계속해서 무거운 표정을 지었다.

"지난 달 COVID-19의 지역 사회 전파 가능성에 대해 우리 산하기관인 국립면역호흡기질환센터 국장이 경고했었습니다."

질병통제예방센터 과장이 말을 다시 꺼냈다.

"정보당국인 국가정보국DNI과 중앙정보국CIA 역시 올해 1~2월 일일 브리핑 보고서를 통해 COVID-19가 야기할 전 세계적인 위험에 대해 미리 경고했었습니다."

"트럼프 대통령과 국회의원들이 이 경고를 무시하는 바람에 결과적으로 COVID-19 확산 방지에 실패한 측면도 있습니다."

국무부 과장이 말을 꺼냈다.

"저도 백악관에 그렇게 보고했었죠."

국장이 응수했다.

"당시 트럼프 대통령은 '미국 내 대규모 확산은 일어나지 않는다'라고 확신했었습니다."

국장의 표정에는 아쉬움이 잔뜩 묻어나있었다.

"심각한 것은 '우리나라의 COVID-19 확진자 숫자가 공식 통계의 약 11배에 달할 수도 있다'라고 컬럼비아대학 연구팀이 모의실험 결과를 발표했다는 점입니다."

"현재 금융 시장 상황은 어떤가요?"

국장은 화제를 바꿔 물었다.

"최근 한 달간 86개국 증시의 시가 총액이 30% 가량 감소했습니다."

잠시 후 재무부 과장이 무겁게 입을 열었다.

"우리 증시는 어떤가요?"

"우리 역시 약 30% 줄었습니다."

"과거 사례는 어땠습니까?"

국장이 물었다.

"S&P500지수 기준으로 설명 드리면, 지금까지 총 13번의 약세장을 경험했습니다. 회복까지는 평균 21개월이 걸렸고, 평균 하락률은 약 40%로 나타나고 있습니다. 역사상 가장 큰 폭락은 1929년이었는데, 당시 경제 대공황에서 탈출하는 데에만 33개월이 걸렸습니다. 당시 S&P500지수는 자그마치 86%나 폭락했습니다."

"가장 최근의 약세장은 2008년 글로벌 금융위기 때 금융 위기의 초입인 2007년 10월부터 2009년 3월까지 17개월간 지속되었습니다. 이때 하락률은 약 57%였습니다.

"재정지출을 이유로 시중에 돈을 대량으로 풀면 사정이 나아질까요?"

"정부에서는 무제한 '양적완화QE' 선언을 했습니다."

"연방준비제도는 대출기구 3개를 신설해서 회사채와 지방채, 자산담보부증권ABS 매입으로 최대 3천억 달러의 유동성을 공급

할 예정입니다."

"이 같은 조치는 2008~2009년 금융위기 당시의 조치를 뛰어넘는 것입니다."

재무부 과장이 말을 마쳤다.

"재정 지출을 위해 화폐를 대량으로 계속해서 찍어내도 된다는 '현대 화폐이론(MMT)'은 인플레이션과 물가 상승을 유발할수 있기에 경제학계의 반발도 만만치 않습니다."

"현재 연방준비은행의 지분을 보유한 몇몇 은행의 대표나 이사들의 조상을 거슬러 올라가 그 사람들이 어떤 사람인지 알게되면 모두들 깜짝 놀라게 될 텐데요……."

"최근 금융시장의 움직임을 보면 로스차일드 가문부터 대대로 내려온, 새로운 세계 질서를 만들려는 '그들'의 계획이 착착 진행되어가고 있다는 느낌이 들지요, 음……."

"무슨 말씀이시죠?"

"아, 아무것도 아니에요."

국장은 급히 말을 얼버무리며 회의를 계속 진행했다.

회의실에서는 열띤 토론이 끝없이 이어졌다.

은신처 이동/ 안도라

"제시카! 우리가 움직이는 동선을 보면 뭔가 감이 잡히는 게 없나요?"

"글쎄요?"

"루벤 박사가 대체로 잘 알려지지 않은 유럽 소국으로만 은밀하게 옮겨 다닌다는 사실 말이에요."

"곰곰이 생각해보니 그러네요."

"처음 루벤 박사를 찾아갔던 산마리노에서 시작해서 모나코, 리히텐슈타인 그리고 지금은 안도라……."

"숨어서 활동하는 셈이네요."

그녀가 여전히 진지한 눈빛으로 말했다.

"그렇다고 봐야겠죠?"

그는 미심쩍지만 신중한 표정으로 고개를 끄덕였다.

"숨어있어도 남의 눈에 잘 띄지 않고, 더 나아가 전 세계가 코로나바이러스로 몸살을 앓고 있는데 이들 장소는 아직은 코로나바이러스 감염 사례가 나오지 않은 청정 국가라는 공통점이 있죠. 이곳에서도 루벤 박사를 만나지 못한다면⋯⋯. 마지막으로 그가 갈만한 곳이 떠오르긴 해요."

그는 본능적으로 뭔가 퍼뜩 떠올랐다는 표정을 지으며 숨도 쉬지 않고 말했다.

그녀는 더욱 혼란스러운 표정을 지었다.

열차 안에서 그는 자꾸만 밀려오는 졸음을 떨쳐내기 위해 갖은 애를 써야만 했다. 몸은 점점 좌석 밑 심연으로 가라앉는 느낌이었다. 제시카는 차창 밖으로 펼쳐지는 자연의 향연을 하나라도 놓칠세라 눈을 동그랗게 뜨고 있었다.

열차가 서서히 스페인 바르셀로나 역으로 진입했다.

유럽의 여느 기차역과도 다를 바 없는 이곳 바르셀로나 역 로비는 평소 분주하게 움직이던 여행객들 모습은 온데간데 없고 대신에 마스크를 쓰고 자동화기로 중무장한 군인들과 경찰들이 사람들의 이동을 일일이 통제하고 있었다.

"어디로 가십니까?"

20대 후반의 총을 든 군인이 제임스 일행에게 물었다.

"이곳에서 안도라로 가려고요."

제임스 박사는 무거운 표정으로 말했다.

"어떤 일로 가십니까?"

"아, 임무 수행 중입니다."

그 군인은 그가 건네준 전화번호로 연락을 취하는 듯했다.

"오케이, 신원이 확인되었습니다."

"이제 가셔도 됩니다."

제임스 일행은 역사를 빠져나와 역 바로 앞에 있는 렌터카 회사로 향했다.

"안도라로 가시려면 피레네 산맥을 올라가야 해서 엔진 힘이 좋은 차량이 필요할 겁니다."

렌터카 회사의 직원이 한 차량을 보여주면서 말했다.

하늘을 보니 마침 비가 멎고 날이 개면서 쌍무지개가 떴다. 지금까지 보아왔던 무지개와는 비교가 되지 않을 정도로 그 규모가 엄청났다.

제임스 박사는 차에 시동을 걸었다.

높은 산들이 약 400킬로미터로 쭉 뻗어있는 피레네 산맥 기슭에 있는 안도라…….

"프랑스와 스페인의 역사, 문화, 인종이 서로 다른 이유가 뭘까요?"

제시카가 그에게 물었다.

"피레네 산맥 때문입니다."

그가 차량의 전방을 주시하며 말했다.

"아프리카와 아랍의 영향이 이 피레네 산맥을 넘지 못하고 스페인에만 머무르게 되어 스페인에는 아직까지 이곳저곳 아랍 문화의 흔적이 남아있죠. 안도라는 프랑스와 스페인 양국 국경 사이 피레네 산맥의 남부 경사면 계곡 속에 숨어있는 아주 조그마한 나라인데, 1인당 국민소득은 유럽에서 가장 높아요."

"숨 쉬는 것은 어때요?"

그가 산등성이를 넘어가며 그녀에게 물었다.

"전혀 불편함이 없는데요?"

그녀는 차창 밖으로 펼쳐지는 피레네 산맥의 그림 같은 산과 그 사이를 굽이굽이 흐르는 강이 만드는 아름다운 경치에 푹 빠진 표정을 지으며 대답했다.

"이곳은 유럽에서 가장 높은, 그러니까 해발 약 1,400미터에 위치하고 있는 수도에요."

그가 언덕에서 가속 페달을 밟으며 말했다.

"국가 정보에 아주 해박하시네요? 호호."

그녀가 웃으며 말했다.

"전 세계를 대상으로 일을 하다 보니 어느덧 100여 개국을 다니게 되었고, 따라서 많은 나라 정보를 찾다보니 그렇게 되었네요. 하하."

그가 몰고 간 차량은 차가 막히지 않아서 그런지 보통 3~4시간 걸리는 거리를 약 2시간 50분 정도 걸려 안도라의 수도인 '안도라 라 베야'에 무사히 도착했다. 입구에 들어서니 타고 간 승용차 타이어에 자갈이 튀는 소리가 거칠게 들려왔다.

따사로운 봄 분위기를 연출하는 이곳 건물들이 오밀조밀 계곡에 모여 있기에 장난감 도시에 온 듯했다.

"마치 스페인의 '카탈루냐' 지방에 온 것 같네요."

그가 차에서 내려 사방을 둘러보며 말했다.

그는 '라 뽀블르 광장'에서 현지 정보원을 만나기로 했기 때문에 서둘러 골목길을 걸어 올라갔다.

"산에서 개천으로 많은 물이 폭포수처럼 흘러 내려오네요?"

제시카가 말문을 열었다.

"아, 그 이유는 이곳 위치가 Y 형태의 강이 합쳐진 지점에 있기 때문이죠."

두 사람은 중심부에 있는 골동품 거리에 있는 조그마한 자갈길들을 따라 오밀조밀 서있는 돌로 만든 집들을 거쳐 약속한 광장에 도착했다. 낯선 빌딩의 옥상을 광장으로 조성한 이곳에서는 시내 전망을 한 눈에 볼 수 있었다.

딩동!

휴대전화가 울리면서 현지 정보원의 메시지가 도착했다.

광장 두 번째 벤치 갈색 중절모 버버리 코트Burberry coat

그가 광장을 둘러보니 메시지 내용대로 40대 중반으로 보이는 한 남성이 벤치에 앉아 신문을 보고 있었다.

제시카는 광장에 있는 교회 계단에 걸터앉아 그가 현지 정보원으로 다가가는 모습을 멀리서 지켜보고 있었다.

"루벤 박사는 지금 어디 있습니까?"

그가 정보원에게 조용히 물었다.

"정보가 계속해서 새나가는 것 같아요."

"무슨 말인지요?"

"지난 번 '그가 리히텐슈타인에 있다'는 정보에 따라 제임스 박사님이 그곳으로 가자 때맞춰 루벤 박사가 이곳으로 이동하는 바람에 허탕을 쳤잖아요?"

"그랬었죠."

"마찬가지로 '안도라에 그가 있다'는 정보에 따라 지금 박사님이 이곳에 힘들게 오셨는데, 마치 모든 정보를 꿰뚫고 있는 것처럼 조금 전까지 이곳에 있던 루벤 박사가 이번에도 연기처럼 사라져버렸습니다."

현지 정보원은 자기도 미안한지 머리를 긁적거리며 말했다.

"지난번에도 정보가 계속해서 새고 있다는 느낌을 지울 수 없었는데, 이번에도 마찬가지네요."

"음……."

제임스 박사는 잠시 고개를 떨군 채 깊은 생각에 빠졌다. 점점 더 미궁으로 빠져드는 느낌에 그는 걷잡을 수 없을 정도의 회한이 가슴 속으로 밀려들어오는 것을 느꼈다. 그의 인내심도 이제는 한계에 도달했는지 그의 얼굴은 몹시 못마땅한 표정이었다.

"마치 퍼즐을 푸는 기분이네요. 수고 많으셨어요."

그는 아무 일도 없다는 듯이 벤치에서 일어나 정보원과 헤어졌다.

"어떻게 되었어요?"

제시카가 안색이 무척 안 좋아 보이는 그에게 보일락 말락 미소를 지으며 물었다.

곤혹스럽고 어색한 침묵이 잠시 흘렀다.

제임스 박사는 아무 말도 하지 않은 채 힘없이 고개를 가로저으며 일이 잘못되었음을 표시했다. 그러고는 묵묵히 광장, 골목길을 거쳐 주차되어있는 차량으로 되돌아왔다.

"제시카!"

그녀가 제임스 박사의 얼굴에 깃든 낙심을 읽었는지 그녀의 표정이 약간 불안해지기 시작했다.

"본부에 이야기했으니, 내일 먼저 로마 주재 미국대사관으로 복귀하시죠?"

그는 진지하면서도 절박한 눈빛으로 말했다.

"예, 알겠습니다."

그녀의 시선에서 그녀를 조금씩 갉아먹고 있는 어두운 그림자가 나타났다. 그녀의 목소리는 기운이 없었고 촉촉한 물기를 머금은 것 같았다.

제임스 박사는 무척 혼란스러웠다. 그녀가 복귀할 로마가 현재 코로나 바이러스 사태로 위험한 상황이라는 사실이 제일 먼저 마음에 걸렸다. 하지만 지금 이 임무를 무사히 마치는 게 더 급선무였기 때문에 이렇게 결정할 수밖에 없었다.

두 사람은 아무 말 없이 정보원이 미리 예약한 숙소로 발걸음을 옮겼다. 어느새 땅거미가 짙게 내려앉은 어둑어둑한 저녁이 되었다.

숙소에 도착한 그들은 누가 먼저라고 할 것도 없이 약속이라도 한 듯 서로를 강렬히 원했다. 그녀의 투명한 피부, 바닷가의 자갈처럼 반짝이는 머리카락, 가냘픈 목과 어깨선, 유혹적인 꽉 닫은 입술…….

제임스 박사의 손이 제시카의 얼굴과 이마를 찬찬히 쓸어주었다. 특히 머리카락을 뒤로 쓸어 넘겨줄 때 그녀의 눈은 그동안 억눌렀던 본능을 열심히 발산하고 있었다. 그는 그녀의 눈동자에 비친 자기 모습을 보았다. 귓불이 빨갛게 달아오른, 수줍은 그녀의 미소가 얼굴에 활짝 피어올랐다.

그의 시선은 그녀의 매혹적인 눈빛에 빨려 들어가 그만 길을 잃은 채 가슴속 심장이 쿵쿵 뛰었다. 이내 그녀는 눈을 살포시 감은 채 뭔가를 갈망하는 듯했다. 그는 이글거리는 시선을 어디에 둬야할지 몰랐다. 두 사람은 더 할 말을 찾지 못하고 뭔가 확인이라도 하듯 말없이 서로의 눈을 다시 뚫어지게 바라보았다. 이내 두 사람의 눈에서는 축제의 모닥불 같은 불꽃이 일었다.

그녀는 약간 긴장한 모습으로 그의 얼굴을 찬찬히 뜯어봤다. 그는 손가락으로 서서히 그녀의 목을 애무했다. 그는 그녀의 입술이 어둠 속에서도 뭔가를 이야기하는 것처럼 파르르 떨리는 것을 느꼈다. 곧바로 그들은 어스름 속에서 낯선 침대로 자리를 옮겼다. 피부 밑에서 용트림치는 맥박소리가 밖으로 터져 나올 것 같았다.

둘 다 독신인데다가 짧은 기간이었지만 몇 번 임무를 같이 수행하면서 쌓여진 끈끈한 정 때문에, 그리고 내일이면 다시 이별을 한다는 생각 때문에 두 사람은 아무 저항 없이 서로를 받아들였다. 마법에 걸린 듯 이 세상에는 오직 두 사람만 존재하는 것 같았다.

격동의 시간을 보낸 후, 제임스 박사는 어스름 속에서 편안한 마음으로 그녀를 쳐다보았다. 아직도 침대 위에서 자고 있는 그녀는 행복에 녹아내린 표정으로 꿈속을 여행하는 듯했다. 그러나 그가 자세히 살펴보니 그녀의 얼굴에는 두 줄기 눈물자국이 선명하게 드러나 있었다. 그는 그녀를 깨우지 않으려고 조용히 일어나 창문으로 다가갔다. 창밖은 먹물 같은 어둠이 고요하게 세상을 지배하고 있었다. 온 세상이 그들을 향해 행복한 눈짓을 하는 듯했다.

다음 날 아침. 지루하고 우울했던 어제 일을 물리치려는 듯 날카로운 햇빛이 하늘에서 녹아내렸다.

두 사람은 퍼즐처럼 어젯밤 기억의 모든 조각들이 맞아떨어졌는지 다소 겸연쩍은 표정으로 서로를 마주보았다. 잠시였지만 그들은 평소 다정한 연인처럼 말없이 몸짓으로만 말했다.

"우리가 바르셀로나에서 올라온 방향과 반대 방향으로 내려가면 프랑스 '툴루즈 역'에 도착하는데 그곳에서 로마로 가는 열차를 타면 되요."

"그곳까지 제가 바래다 드릴게요."

제임스 박사가 마침내 묵직한 입을 열어 그녀에게 나지막이 말했다. 그는 그녀의 심연의 눈동자에서 아직 벗어나지 못한 모습이었다.

다시 차에 승차한 두 사람은 어렴풋한 피레네 산맥의 능선을 내려가기 시작했다.

프랑스 영토로 진입하기 전, 안도라와 프랑스 국경에 경찰 모습이 보였다.

"이곳은 경찰이 없는 곳인데⋯⋯."

그는 혼자서 중얼거렸다.

경찰은 안도라를 빠져나가는 승용차들의 트렁크를 일일이 검사를 하고 있었다.

"무슨 일 있나요?" 그가 창문을 열고 경찰에게 물었다.

"안도라가 면세구역이기 때문에 규정을 넘어 과도하게 면세품을 구매했는지 확인하는 것입니다."

차 뒤로 가서 트렁크를 확인 한 경찰은 '이제 가도 좋다'는 손 신호를 보냈다.

"수고 하십시오!"

그는 창문을 열고 그들에게 말했다.

제임스 일행이 탄 승용차가 높은 봉우리를 넘어가는데 너무 경사가 가팔라 지그재그로 한참을 내려가야 했다.

"속이 울렁거리네요."

그녀가 배를 움켜쥐며 말했다.

그 역시 한참을 지그재그로 운전하며 내려가다 보니 속이 편치 않기는 마찬가지였다.

능선을 내려가면서 눈 아래로 펼쳐지는 계곡과 저 멀리 보이는 산봉우리들은 마치 알프스 산맥의 일부를 보는 느낌이었다. 산세는 험하면서도 매우 아름다웠다.

어느 덧 두 사람은 프랑스 툴루즈 역에 도착했다. 역은 황폐화한 모습으로 다가왔다. 이 역 앞에도 무장 군인들과 경찰들이 자동화기로 무장한 채 시민들의 이동을 통제하고 있었다.

"건강에 특별히 신경 많이 쓰세요!"

그녀는 세상에서 가장 슬픈 표정으로 인사를 하며 차에서 내렸다.

안개가 가득한 그녀의 초록색 눈동자와 얼굴표정에서 그녀의 마음이 복잡하게 교차하고 있다는 것을 한 눈에 알아보았다.

"예, 다음에 또 뵈어요."

그는 잠시 머뭇거리다가 고개를 끄덕였다. 그녀는 허공을 더

듣는 이해하지 못할, 힘없는 미소를 지었다. 두 사람은 서로 양 볼에 입을 맞췄다. 그녀의 뺨에는 눈물 한 줄기가 소리 없이 흘러내렸다.

그녀는 시선을 아래로 향한 채 역을 향해 걸음을 떼었다. 그는 힘없이 억지웃음을 그녀에게 선사했다. 작별인사를 마친 제임스 박사는 점차 시야에서 멀어져가는 그녀의 뒷모습에서 끝까지 시선을 떼지 않았다. 그녀는 걸음을 옮길 때마다 뒤를 돌아보며 아쉬운 작별을 고했다. 그림자를 질질 끌고 가던 그녀는 툴루즈 역 출입구의 유리창에서 반사되는 빛 때문에 증기처럼 금방 사라졌다.

그녀가 떠난 것을 확인한 그의 선택의 폭은 그리 넓지 않았다. 옷매무새를 바로 잡은 그는 운전대를 꽉 움켜잡더니 요란한 엔진 소리를 내며 차를 몰고 어디론가 쏜살 같이 달려갔다.

그 시각. 본부에서는 회의가 진행되고 있었다.

"우리의 양적완화 조치에 대해 주식시장은 어떤 반응을 보이고 있나요?"

"경기 부양 패키지로 총 6조 달러 규모까지 확대 되었습니다."

국장이 연이어 열린 긴급 실무자회의에서 재무부 과장에게 초조하게 물었다.

"어제는 유럽 시장이 3~5%, 아시아가 4~8%로 급등했고, 우리 또한 1933년 이래 최대 폭인 11% 상승했습니다."

"헤지펀드hedge fund와 알고리즘algorithm에 의한 매입이 몰린 결과입니다."

"큰 그림으로 보면 최근 주식시장은 러시아, 사우디와의 유가 전쟁과 중국과의 패권 전쟁이 복합된 결과로 보면 맞을 것 같습니다. 우리 눈에 띄지 않는 은밀한 탐욕의 세력들이 코로나바이러스, 유가 등의 이슈를 이용하여 주가연계증권(ELS), 파생결합증권(DLS) 등 그들이 취하는 포지션 때문에 주식시장이 급등락을 연출하면서 많은 투자자들이 손실을 입었습니다."

"주식시장도 모자라 금융공학이라는 미명하에 이것저것 합법적 도박판을 만들어 이득을 취하는 '그들'의 탐욕은 언제나 끝이 날까요?"

국장이 좌우 참석자들을 둘러보며 물었다.

"'그들'도 인간이니까 사람이 존재하는 한 계속 존재하겠죠,

하하.”

“하하하.”

참석한 많은 이들이 수긍하며 한바탕 웃음을 터뜨렸다. 아니 그보다는 분위기를 맞추기 위해 웃음을 쥐어짰다는 표현이 더 적절한 것 같았다.

오늘은 주식시장 등이 폭등한 관계로 지난 번 회의 때 보다는 분위기가 훨씬 가벼웠다.

“그동안 대량으로 찍어낸 달러 때문에 국내에 달러가 넘쳐 인플레 우려가 큰 골칫거리였는데, 이번 기회에 국내에 풀린 달러를 해외로 풀어내는 데 성공한 듯합니다.”

“최근 금융시장 변동성과 관련하여 다른 움직임은 없습니까?”

“운용자산이 무려 9450억 달러에 달하는 세계 최대의 노르웨이 국부펀드가 주식을 사들이기 시작했습니다.”

“좋은 소식이네요.”

국장은 특유의 날카로운 시선을 그대로 유지한 채 만면에 미소를 띠었다.

“대규모 자금을 보유한 사모펀드들도 이때다 싶어 기업 인수 기회를 적극 모색하는 움직임이 포착되고 있습니다."

"더 나아가서 고평가를 경고하며 주식 비중 축소에 나섰던 펀드들도 매수로 방향을 돌리고 있습니다."

재무부 과장의 설명이 끊이지 않았다.

"그동안 안전 자산이던 금 가격도 덩달아 폭락했었는데 어제는 다시 폭등을 했습니다."

"금융시장이 연방준비제도의 개입으로 어느 정도 안정을 되찾으면서 금에 대한 안전 자산 수요가 되살아났다고 볼 수 있습니다. 세계에서 가장 많은 골드바Gold bar를 생산하는 스위스의 3개 업체가 COVID-19사태로 문을 닫은 영향이 컸던 게 영향을 주었습니다."

"문제는 비관적인 경제전망으로 유명한 누리엘 루비니 미국 뉴욕대 교수가 COVID-19 사태로 글로벌 경제가 전례가 없는 V자도 L자도 아닌 'I자형 수직 낙하' 할 것이라고 경고했습니다."

"우리가 겪었던 역대 대공황보다 더 심각한 대공황Greater Depression이 올 수도 있다고도 했습니다."

"……."

회의실 내에 잠시 무거운 침묵이 흘렀다. 많은 참석자들이 마치 무엇을 기다리는 듯 숨을 죽이고 그의 입을 바라보았다.

"분위기를 깨서 죄송한데, 우리가 방심해서는 안 될 자료를 공유하겠습니다."

증권거래위원회에서 참석한 과장이 참석자들에게 자료를 배포하기 시작했다.

"배포한 자료를 한번 봐주시기 바랍니다."

"1929년 세계 대공황 당시 3년여 간의 다우지수 흐름입니다."

당시 381.17포인트에서 200포인트까지 약 50% 폭락

이후 200포인트에서 300포인트까지 50% 급상승함으로써 직전 고점의 80프로까지 회복

300포인트에서 다시 41.22포인트까지 약 85% 폭락

결국 처음 381.17포인트에서 마지막 41.22포인트까지 총 89% 폭락

"음……."

잠시 정적이 흘렀다.

"그건 그렇고, 우리의 COVID-19 진단키트 상황은 어떤가요?"

잠시 침묵을 지키고 있던 국장은 급히 화제를 돌리면서 앞에

앉아있는 국립알레르기감염병연구소 과장에게 물었다.

"'진엑스퍼트GeneXpert(Xpress SARS-COV-2)'가 S회사에 의해 개발되었는데, 이것은 45분 내에 극소의 량으로도 그 자리에서 감염여부를 판별할 수 있는 '분자진단 RT-PCR 진단키트'입니다."

"현재 보급 현황은 어떤가요?"

국장이 그에게 다시 물었다.

"현재 전 세계적으로 2만 3천대 이상 보급되어있으며, 이 가운데 약 5천대는 국내에 있습니다. 더 나아가서 우리는 MIT와 하버드대가 공동으로 개발한 10분 이내에 감염 여부를 판별할 수 있는 신속 진단키트를 이미 현장에서 사용하고 있습니다."

"어떤 방식인데 그렇게 신속하게 판별 할 수 있나요?"

"유전자 가위를 이용해 정확도를 RT-PCR만큼 끌어 올렸기 때문입니다."

"COVID-19 정점이 언제인지는 모르겠으나 지금 분위기만 보면 마치 지구 멸망이 곧 다가올 것 같은 암울한 전망이 쏟아져 나오고 있는 형국입니다."

국립알레르기감염병연구소 과장이 말을 이어나갔다.

"지난번에도 나온 이야기입니다만, COVID-19의 발병 근원지에 대해 많은 논란을 빚고 있는 중국과 이탈리아에서 최초 감염과 확산을 유추할 수 있는 새로운 근거가 나왔습니다."

"중국의 첫 감염자는 후베이성 우한의 한 여성 상인이고, 이탈리아에서는 첫 확진 판정을 받은 2020년 2월 20일보다 50여 일이나 앞선 1월 1일부터 감염이 시작된 것으로 드러났다고 현지 언론 매체들이 전하고 있습니다."

"중국 정부 입장은 어떻게 나왔나요?"

국장이 그에게 물었다.

"'대부분 우한에 있는 화난수산시장과 연관된 것으로 보인다'고 설명했을 뿐, 정작 중요한 '누가 최초로 바이러스를 옮겼는지'에 대해서는 말을 아끼는 분위기였습니다."

"여하튼 중국 최초의 감염자가 중국인이고 발병 일자 역시 중국 당국이 국제 사회에 공식 보고한 시점보다 훨씬 앞선 점으로 미뤄볼 때, 이번 COVID-19 사태의 발원지는 2002년 중국발 사스와 유사하게 우한의 야생동물을 취급하는 시장이라는 사실에 무게를 두는 여론이 높아지고 있습니다."

"결과적으로는 이번 중국 우한에서 시작한 COVID-19는 마치 전 세계를 상대로 제 2차 세계대전 때 일본이 진주만 공습을 감행 한 것과 같은 모양새를 띤 것은 맞죠."

한 참석자가 말을 꺼냈다.

"7년 전 중국 우한의 바이러스연구소에 전달된 한 바이러스 샘플이 이번 COVID-19와 아주 흡사하다는 주장이 제기되었다고 하던데요?"

국장이 참석자들에게 물었다.

"신문 보도에 따르면, 지난 2013년 중국 남서부 지역의 박쥐 배설물을 치우고 있던 6명의 남성이 심한 폐렴에 걸렸는데, 과학자들이 이 박쥐들의 집단 서식처인 한 폐쇄된 구리광산에서 채취한 냉동 샘플을 우한 바이러스연구소로 보냈다고 합니다."

연구소에서 참석한 과장이 이어서 열심히 설명했다.

"이들 중 3명이 사망했으며, 가장 유력한 사망 원인은 박쥐에서 전염된 코로나바이러스라고 합니다."

"또한 중국 내에서 '배트우먼Bat woman'으로 잘 알려진 시 박사가 지난 2월 발표한 논문에서 COVID-19를 설명하면서, 2013년 윈난성에서 얻은 코로나바이러스 샘플인 'RaTG13'과 96.2% 비슷하다고 밝혔습니다. 대부분 과학자들이 COVID-19 바이러스가 박쥐에서 기인했다는 데 동의하고 있습니다. 지금까지 수집된 'SARS-CoV-2' 바이러스 샘플을 이용한 광범위한 분석을 통해 중국 윈난성의 '관 박쥐'가 COVID-19의 기원으로 지목되고 있습니다만, 이 숙제를 완전하게 풀기 위해서는 'SARS-CoV-2' 유전체와 99%이상 일치하는 바이러스를 보유한 중간숙주 동물을 찾아내야 합니다."

연구소에서 참석한 한 참석자가 추가로 설명했다.

"이러한 사실에도 불구하고 중국은 외교부 대변인 트위터를 통해 '미군이 바이러스를 중국에 옮겼다'라고 지속적으로 주장하고 있습니다."

다른 참석자가 동조했다.

"마치 미국과 소련의 냉전 시절에 소련이 '에이즈는 미국 정보기관이 만들어냈다'고 한 것과 거의 비슷한 주장입니다."

"스페인 독감 사례처럼 발원지를 밝히는 것이 결코 쉽지 않을 것 같네요……."

국장은 혼잣말로 중얼거렸다.

"아, 그리고 G20 정상들의 최초 화상회의가 3월 26일에 열렸습니다."

"G20 정상들은 공동성명문을 내고 COVID-19 위협에 공동 태세로 대응해나갈 것임을 확인했습니다."

"의례적인 성명으로 볼 수도 있겠네요?"

한 참석자가 말했다.

"그리고 일본이 세계적인 부정 여론에 떠밀려 결국 국제올림픽위원회와의 협의를 거쳐 올림픽을 내년으로 연기하는 것으로 공식 발표했습니다."

이번에는 미국올림픽위원회에서 참석한 직원이 말을 꺼냈다.

"지금 올림픽을 개최하기에는 선수들의 안전 등을 고려하여 엄청난 부담이 있겠죠?"

"예, 맞습니다."

회의실 참석자 모두가 동의하는 분위기였다.

"우리 예상대로 옳은 결정을 한 것 같습니다."

국장은 이렇게 말하고는 부지런히 어디론가 가기 위해 서둘러 회의실을 빠져나갔다.

다음 날 오후, 사태의 심각성을 고려하여 회의가 속개되었다.

"요새 유가가 폭락해 전 세계가 몸살을 앓고 있죠?"

국장이 회의 서두에 석유 이슈를 시작으로 말을 꺼냈다.

"COVID-19로 인해 국경 봉쇄와 이동제한으로 사람들이 비행기, 자동차 운행 횟수 등 전 세계적으로 석유 수요가 급격하게 줄어든 것이 가장 큰 원인입니다."

재무부 과장이 말했다.

"이 상황에서 사우디와 러시아가 원유를 감산해도 모자랄 판에 경쟁하듯이 증산하는 이유는 뭘까요?"

국장이 주위를 둘러보며 물었다.

"석유 기업이 차지하는 비중이 약 15%에 달하는 우리 석유 산업을 망하게 하려는 치킨게임에 들어간 것으로 분석됩니다."

"그렇다면 사우디의 원유 생산 원가는 대략 얼마나 되나요?"

"약 8달러이니까 현재의 20달러보다 더 밑으로 밀어붙일 수도 있습니다."

"음……."

국장은 심각한 표정으로 잠시 생각에 잠기는 듯했다.

"우리 기업 중에 하나라도 파산했다는 소식이 전해지면 전 세계에 엄청난 영향을 끼칠 것 같습니다."

한 참석자가 말했다.

"그것이 바로 제가 고민하는 부분입니다."

국장이 동의하는 표정을 지으며 말했다.

"현재 COVID/19 검진 상황은 어떻게 되어가나요?"

국장은 화제를 돌리며 물었다.

"우리 의료장비회사가 COVID/19 감염 여부를 빠르면 5분 내에 검진이 가능한 키트를 만들어 식품의약국(FDA)의 긴급 사용 허가를 받았다는 좋은 소식이 있습니다."

국립알레르기감염병연구소 과장이 말했다.

"크기도 토스터 정도로 작고 무게도 3Kg 이하로 경량으로서 정확성이 높다고 평가되는 '분자식 방식'입니다."

"한 달에 몇 건 정도나 검사할 수 있나요?"

국장이 그에게 물었다.

"한 달에 약 500만 건의 검진이 가능하다고 합니다."

"한편 중국에서는 COVID-19에 대해 96.5%~99.9%효율로 바이러스를 흡수하거나 비활성화할 수 있는 나노 물질을 개발했다는 보도도 나왔습니다."

국립알레르기감염병연구소 과장이 가볍게 덧붙였다.

"최종적으로 백신이 개발되려면 얼마나 시간이 걸리죠?"

"사스 백신은 2016년이 되어서야 백신의 시험 사용 단계에 들어갔습니다."

"백신의 시험 사용단계에 들어가는 데에만 무려 13년이나 걸렸어요?"

"예, 그렇습니다."

"그리고 이번 COVID-19 백신은 저희 연구소와 한 제약회사가 공동으로 연구 중입니다. 기존의 생바이러스를 사용하지 않고 COVID-19의 유전자 정보를 받아 이를 통해 항체를 형성하는 mRNA 방식입니다."

"여하튼 조만간 좋은 소식들이 있으면 좋겠네요."

국장이 주위 사람들을 쳐다보며 말했다.

"반면에 전 세계적으로 난민들과 불법체류자, 노숙자들은 COVID-19 검사 대상에서 소외될 확률이 많아 잠재적인 시한폭탄이 될 여지가 많습니다."

이 말에 국장은 다시 생각에 잠기는 듯했다.

"워싱턴DC도 비상사태를 선언한가운데 우리 CIA 직원 중에서도 COVID-19 의심 환자가 발생했습니다."

국장은 CIA의 입장을 직접 밝혔다.

“세계 전역에 나가있는 우리 직원들의 건강과 안녕을 최우선시하는 조치들을 계속 시행해 나갈 것입니다.”

“이번 바이러스 사태와 관련해서 유감스럽게도 여러 국가에서 인종차별적 발언, 폭행 등이 잇따르고 있습니다.”

국장의 뒤를 이어 국무부 과장이 말을 꺼냈다.

“이렇게 예민한 시기에 아주 사소한 문제라도 가볍게 여기면 일이 걷잡을 수 없을 정도로 크게 확산되곤 하죠.”

국장이 혼잣말처럼 말했다.

“지난번에 교황이 바티칸의 성베드로 대성당 광장에서 세상 사람들을 위해 특별 강복 ‘우르비 엣 오르비Urbi et Orbi(로마시와 전 세계에)’를 거행했습니다.”

“항상 사람들로 꽉 찼던 성 베드로 광장이 텅 빈 채, 교황 혼자서 쓸쓸하게 식을 치르는 모습을 보니 짠하던데요?”

“로마에 전염병이 창궐하던 1552년 당시, 로마 주변에 살던 시민들이 전염병을 멈추는 기적을 바라며 운반해온 것으로 알려진 예수 십자상이 한쪽에서 외롭게 이 모습을 지켜보는 것 같았어요.”

“그런데 교황이 주는 메시지가 무엇인가요?”

한 참석자가 물었다.

"'온 세계가 모두 한 배에 타고 있다'는 점을 일깨우며, '예수가 잠든 사이 배가 침몰할 것을 두려워하던 제자들과 같은 느낌을 온 인류가 받고 있다'는 메시지를 전하고 있습니다."

"'지금은 하느님이 심판하시는 때가 아니라 우리 스스로 무엇이 중요한지 선택해야 할 시간'이라면서 '필수적인 것을 그렇지 않은 것들로부터 분리해야 할 시간'이라고도 말했습니다."

회의 참석자들 모두 그 의미를 곱씹어보는 표정을 지었다.

다음날 오전, 마라톤 회의가 계속되었다.

"국제 유가가 오늘도 널뛰기 장세를 연출하고 있네요."

국장은 유가 문제를 시작으로 말을 꺼냈다.

"트럼프 대통령이 기자회견에서 최근 사우디, 러시아 측과 대화를 나눴다며 '수일 내에 양측이 합의에 이를 것이라고 믿는다'고 밝혔습니다."

재무부 과장이 말했다.

"최근 국제유가 폭락으로 국내 셰일석유 업체들이 줄도산 위기를 맞자 적극 개입에 나선 것입니다."

"COVID-19 사태로 전 세계 원유 수요가 급감한가운데 증산 경쟁까지 벌어지면서 최근 국제유가는 폭락세를 이어왔습니다. 전문가들은 이번 분기에 '국제유가가 배럴당 10달러 선까지 추락할 수 있다'고 경고하고 있습니다."

"고용 현황은 어떻습니까?"

국장이 통계청에서 참석한 과장에게 물었다.

"오늘자 실업통계를 토대로 실업률이 최소 10%에 달한 것으로 추산됩니다. 우리 경제 활동 인구가 1억 5천만 명 수준임을 고려할 때 적어도 1천5백만 명이 실직 상태라는 뜻입니다."

"연방준비제도는 최대 4천7백만 명이 일자리를 잃고 실업률이 32%까지 치솟을 것이란 암울한 전망을 내놨습니다."

"문제는 셧다운이 장기화될 경우 상황이 더욱 나빠질 수 있다는 점입니다."

"만약 실업률이 실제로 32%까지 치솟는다면 1930년대 대공황 이후 최악 수준입니다. 대공황이 정점에 달했던 1933년 미국의 전체 실업률은 25%, 농업 부문을 제외한 실업률은 37%에 달했습니다."

"지금 상황은 지난 100년간 우리 경제가 경험하지 못한 특이

한 충격입니다."

한 대형 은행에서 참석한 실무자가 말했다.

"싱크탱크 경제정책연구소(EPI)도 오는 7월까지 미국에서 약 2천만 명이 일시 해고 또는 무급휴직 상태에 놓일 것으로 내다보고 있습니다."

"음, COVID-19 소식은 어떤가요?"

국장은 화제를 바꿨다.

"전 세계 COVID-19 사망자가 10만 명을 넘은 것은 지난 1월 9일 중국 우한에서 첫 사망자가 나온 이후 92일 만입니다. 사망자가 지난 4월 2일 5만 명이 되기까지 84일이 걸렸으나 여기로부터 10만 명을 넘는 데는 불과 8일밖에 걸리지 않았다는 점을 주목해야합니다."

보건복지부 과장이 말을 이어 나갔다.

"현재의 사망자 10만 명은 1660년대 영국 런던을 휩쓴 '런던 대역병'과 비교할 만합니다. 당시 런던 인구의 3분의 1에 달하는 10만 명이 숨진 것으로 추정되고 있습니다."

"지난해 중국이 '12월 31일 우한에서 첫 원인 불명의 폐렴 환자가 발생했다'고 발표한 이후 약 43만 명이 중국에서 미국으로 입국한 것으로 나타났습니다."

국토안보부 과장이 말을 꺼냈다.

"한국 정부가 '한 종교단체가 5천 건 이상의 감염을 유발했다'고 공식 발표한가운데, 이스라엘에서는 초정통파 유대교가 정부의 방역 노력에 찬물을 끼얹었으며 코로나바이러스가 빠르게 확산하고 있다는 보도가 나왔습니다."

보건복지부 과장이 다시 말했다.

"이들의 공통점은 종교 공부에 몰두하면서 폐쇄적인 생활을 하면서 그들의 믿음을 앞세워 정부나 언론을 불신하고 감염병 위험을 무시하는 경향이 있다는 점입니다."

"우리도 사정은 비슷합니다. 앞서 플로리다 주 당국의 집회 금지명령을 어기고 예배를 강행한 로드니 하워드브라운 목사가 체포된 데 이어, 지난 31일에는 대규모 집회 금지 명령을 어긴 루이지애나 마크 앤서니 스펠 목사가 기소된 상태입니다."

법무부에서 참석한 과장이 동조했다.

"COVID-19 확산 이후 집 안에서 생활하는 시간이 늘면서 전 세계적으로 가정폭력이 늘었다는 통계가 있습니다."

"대부분의 나라들이 전 국민을 대상으로 이동제한령을 선포

했는데 그 직후부터 가정폭력 사건이 급증한 셈입니다."

"국제학술지 '네이처'에 따르면, 최근 '세계의 굴뚝'이자 COVID-19 사태 발원지로 지목된 중국의 대기 질이 크게 개선되었고 상당수 국가가 강력한 이동 제한 명령을 시행하고 있는 유럽 지역의 대기 질 역시 크게 좋아졌다고 합니다."

테이블 끝자리에 앉아있는 환경부 과장이 말했다.

"COVID-19로 전 세계에서 많은 사람들이 목숨을 잃고 활동을 제약받고 있지만, 반면에 그 결과 오히려 지구촌의 공기가 맑아지고 있다는 것은 아이러니한 현상이네요."

국장이 말을 받았다.

"경제협력개발기구(OECD)는 최악의 경우 올해 세계 경제성장률이 1.5% 이하에 그칠 것이라는 전망과 함께 탄소 배출량도 이에 따라 1.2% 감소할 것이라는 분석을 내놨습니다."

환경부 과장이 다시 말했다.

"예, 잘 알겠습니다."

"코로나바이러스 이후에는 세상이 어떻게 바뀔까요?"

국장이 오늘따라 관료적인 목소리로 참석자들에게 물었다.

"이번 코로나 사태를 계기로 서양 우월주의가 쇠퇴하고 우리와 유럽이 주도해온 국제질서도 개편될 것이라는 전망입니다."

국무부 과장이 말을 이어 나갔다.

"다시 말하면 제일 먼저 유럽연합의 영향이 약화되고, 우리와 중국의 냉전이 더욱 더 악화일로를 걸을 것으로 전망됩니다."

한 참석자가 말을 이어 나갔다.

"앞으로는 중국의 '넷월드Net world(인터넷으로 네트워크화된 세계-편집자 주)'와 'IT전체주의'를 어떻게 견제하느냐가 관건으로 보입니다."

"골치 아픈 일이네요."

국장은 머리를 짚으며 말했다.

"산업 부분은 어떨 것 같습니까?"

"수출, 수입보다는 자국 생산 쪽으로 급선회할겁니다."

"결과적으로 보호무역이 강화되면서 자국 우선주의 네트워크 경제로 회귀할 것이 분명합니다."

참석자들이 돌아가면서 말을 했다.

"관광산업은 어떨까요?"

국장이 다시 물었다.

"앞으로는 각국의 국경 검열 강화, 비자 제한 조치 등으로 극

심한 침체가 예상됩니다."

"음……."

회의실에 잠시 침묵이 흘렀다.

"AI, 로봇산업 등이 붐을 이루면서 '비대면 4차 산업시대'로 급속하게 산업구조가 재편될 것입니다."

"그렇죠. 교회 등 종교집회, 학교 수업, 서점, 회의 등 전 분야에 걸쳐 온라인으로 대체될 것입니다."

"그렇다면 실업자들이 대량으로 양산되겠군요."

"그렇게 되겠죠."

국장이 말하자 누군가 맞장구를 쳤다.

"영국 산업혁명 시절 노동자들이 기계 때문에 직업을 잃게 되었다며 기계를 파괴한 '러다이트 운동Luddite Movement'이 갑자기 연상되네요."

"바이러스 때문에 젊은 청춘들이 사람을 기피하게 되면서 연애도 하지 않게 되고, 결과적으로 전 세계적으로 출산율이 최저수준인 지금보다 더 심각한 상황이 예상됩니다."

한 참석자가 잠시 숨을 고른 뒤 동의하는 표정으로 말했다.

"그런데 최근 COVID-19 관련한 음모론이 급속도로 전파되고 있다면서요?"

국장이 화제를 바꾸면서 국무부 과장에게 물었다.

"예. '빌게이츠가 백신 마이크로 칩을 삽입하기 위해 바이러스를 만들어냈으며, 이를 위해 세계적인 큰 손인 조지 소로스와 협력해 중국 우한에 바이러스연구소를 세웠다'는 내용입니다."

"하하하······."

모처럼 다들 웃음을 터뜨리면서 회의실은 갑자기 웃음바다로 변했다.

"아마도 빌게이츠 재단과 세계적인 신용 카드회사들이 주도하는 '현금 없는 사회' 운동과 관련하여 '모든 개개인을 식별하는 인식정보가 칩에 저장될 수 있다'는 시나리오를 예상해서 그런 소문이 퍼진 것 같습니다."

"우리도 이렇게 마스크를 쓰고 모여서 회의를 하는 것도 오늘이 마지막인 것 같네요. 이 회의 역시 다음부터는 비대면 화상회의로 대체될 예정입니다."

"마지막으로 우리 모두 전 키신저 국무장관의 경고를 다시 되새겨볼 필요가 있을 것 같습니다."

현재 팬데믹의 초현실적인 상황은 특정 개인을 겨냥한 게 아닌, 무작위적이고 파괴적인 공격의 느낌이 있다.

정작 바이러스는 국경 봉쇄와 상관 없이 국경을 넘나들면서 국경에 얽매이지 않는다.

글로벌 무역과 자유로운 이동을 기반으로 번영하는 시대에서, 시대착오적이고 폐쇄적인 '성곽시대' 사고가 되살아날 수 있다.

루벤 박사와의 만남/ 몰타

제임스 박사는 제시카를 툴루즈 역에 내려준 후, 프랑스 툴루즈 도심에서 북서쪽으로 약 7킬로미터 떨어진 곳에 위치해 있는 '블라냐크 공항'으로 급히 차를 몰고 갔다.

그의 마지막 직감으로는 루벤 박사가 은신해 있는 곳이 지중해에 있는 '몰타'라는 생각이 들어 급히 공항에서 비행기를 타고 몰타로 갈 생각이었다.

본부의 담당 과장에게만 이동 동선을 알린 후, 다른 요원의 지원 없이 단독으로 임무를 수행하기로 했다. 담당 과장 이외에 본부의 그 어느 누구도 믿을 수가 없었다.

'이번이 어쩌면 내 마지막 임무가 될 수도 있을 것 같은데……'

그는 혼잣말로 중얼거렸다.

그는 마지막 남은 임무를 성공적으로 완수하기 위해 선택과 집중에 전력을 다해야했다. 어쩌면 정말 험난한 하루를 맞닥뜨릴 것 같다는 불길한 직감이 스멀스멀 몸속을 타고 올라왔다. 그가 단독으로 결정한 이 임무의 끝은 어떤 모습으로 끝날지 은근히 걱정이 앞섰다.

"휴……."

그는 깊은 한숨을 내쉬었다.

공항에는 다른 유럽 국가들과 마찬가지로 마스크를 쓰고 자동화기로 중무장한 군인과 경찰들이 여행객들의 이동을 엄격하게 통제하고 있었다.

"어디로 가십니까?"

바리케이드에서 경계를 서고 있는 한 군인이 그에게 물었다.

"비행기로 로마를 거쳐 몰타로 가려고 합니다."

"예, 알겠습니다. 저쪽으로 가세요."

무뚝뚝하게 말하는 군인을 뒤에 두고 그는 카운터로 향했다.

그가 카운터에서 체크인을 한 후 탑승구에서 탑승을 기다리고 있다가 강아지와 함께 있는 50대 여성을 만났다.

"어디까지 가세요?"

그가 먼저 말을 건넸다.

"저는 영국 사람인데 가끔 몰타로 가서 친구들과 수다를 떨고 와요."

"하긴, 몰타는 유럽 대륙과 동떨어져 있어서 그런지 아직 바이러스 확진자가 거의 없긴 하죠."

"코로나바이러스 때문에 마스크를 쓰셨나 봐요?"

"예."

그가 유럽을 이동하면서 느낀 것은 대부분의 유럽 사람들은 아직도 바이러스 전염성의 심각성을 깨닫지 못했는지 마스크도 쓰지 않고 거리를 활보한다는 사실이었다.

그녀와 이야기를 하다 보니 어느덧 탑승 시간이 다 되었다.

제임스 박사가 몰타 공항에 도착한 시각은 늦은 오후였다. 하늘은 화창했고 바람은 지중해 바다 냄새를 한껏 머금고 있었다.

그는 공항에 내리자마자 공항 택시를 타고 본부의 담당 과장이 개별적으로 연결해준 현지 정보원이 예약한 호텔로 이동했다. 호텔로 이동하는 동안 택시 창문을 통해 펼쳐지는 이국적인 정취에 한없이 눈길을 뺏겼다.

몰타는 마음 속에 꼭꼭 담아두었다가 언젠가 시간이 나면 다른 사람들의 여행과는 색다르게 온전히 내 것으로 만들고 싶은 욕심이 생기게 하는 바로 그런 곳이었다. 그에게 그런 마음이 들게 하는 가장 큰 이유는, 이곳은 '지중해의 숨은 진주'로서 마치 중세시대에 머물러 있는 것 같은 느낌을 주는 고고학적 유물과 유적지가 오롯이 보존된 나라이기 때문이었다.

몰타는 7천년 동안이나 수많은 열강들의 지배를 받으며 다양한 공존의 문화를 꿋꿋이 지켜온 나라이다. 수백 년간의 온갖 풍파를 견뎌온 건축물과 속이 훤히 들여다보이는 코발트 색깔의 바다를 가진 지상낙원과 같은 이곳은 COVID-19 와는 꽤 거리가 있어 보였다.

기사도가 마지막으로 항전한 바로 이러한 복합적인 지형과 색깔은 루벤 박사가 마지막으로 은신하기에 최적이라는 확신이 그에게 있었기 때문에 이곳까지 오게 되었다.

그는 예약한 호텔이 페리 선착장 건너편에 있는 '슬리에마'에 있었기 때문에 일단 페리를 타고 건너가기로 했다. 선착장에서 바라보이는 하얀 요트와 에메랄드 빛 바다는 몇몇 페리 승객들이 발산하는 소란스러움과 한데 어울리며 매우 풍요롭게 느껴졌다.

페리를 이용하여 건너편에 내린 그가 호텔로 가벼운 발길을 옮기는데 어느덧 수평선에는 노을이 짙어져만 가고 있었다. 저 멀리 바닷가에는 하얀 요트들이 빼곡히 정박된 항구가 어슴푸레 보였다. 휘황찬란한 불빛으로 반짝이는 바닷가 너머로 좁은 골목들이 미로처럼 뒤엉켜 있는 모습들이 전혀 다른 느낌으로 다가왔다.

딩동!

호텔에 여장을 푼 그에게 담당 과장이 연결해준 현지 정보원이 곧바로 문자를 보내왔다.

내일 '엠디나' 12시

다음 날 오전.

상쾌한 바람의 숨결이 그의 피부를 어루만져주었다.

호텔에서 렌터카로 약 한 시간 걸려 도착한 엠디나는 하늘을 찌르는 육중한 성곽으로서 물샐 틈 없는 구조로 세워져 있었는데 이슬람 문화가 살짝 섞여서 그런지 묘한 모습으로 그에게 다가왔다.

이곳은 '몰타 기사단'이 지금의 수도인 '발레타'로 입성하기 전에 로마 통치하에 있던 몰타의 옛 수도로서 몰타 섬의 한가운데 가장 높은 언덕 위에 세워져 있었다. 사방을 둘러보니 주위에 9세기에 건설된 석회암 성벽이 세월의 흔적을 머금고 묵묵히 서있었다.

그는 갑작스러운 정적을 음미하며 잿빛 성곽 안으로 들어섰다. 꾸불꾸불한 좁은 골목길들이 흉터처럼 얽혀있었다. 이렇게 만든 이유는 성곽으로 적이 침입했을 경우 직접적인 공격을 미연에 방지하기 위함이라고 한다.

1천년 동안 지중해의 강렬한 태양과 바람을 견디기 위해 외벽에 덧칠한 올리브기름이 라임 빛깔의 석회암에 스며들어 은은한 광택을 발했다. 성곽 특유의 흙냄새가 물씬 풍겼다.

제임스 박사는 미로를 헤매다가 같은 장소로 몇 번이나 되돌아 나왔다. 몇 번을 더 헤맨 끝에 그는 무사히 12시에 맞춰 약속한 장소에 도착했다.

몰타 자체가 다른 유럽 국가들보다 COVID-19 영향을 덜 받는다고는 하지만 아무래도 시민들이 바이러스에 위축된 탓인지

상가나 길거리는 적막이 흐를 정도로 한산했다.

"루벤 박사가 현재 저 성당에서 기도 중입니다."

40대 현지 정보원이 성곽 옆에 있는 한 성당을 손으로 가리켰다. 성당은 성곽 바로 맞은편에 자리한, 습기로 검게 변해버린 대리석 건물이었다.

"감사합니다."

성당 앞에는 바이러스 사태 때문인지 인적을 전혀 찾아볼 수 없었다. 성당 정문 위에 걸려있는 둥근 벽시계가 연륜을 머금은 육중한 목조 출입구와 조화를 이루며 따사로운 햇살에 그림자를 옆으로 길게 늘어트리고 있었다.

그는 윗옷 안주머니에 손을 넣어 휴대전화기 전원을 꺼버렸다. 그러고는 성당 출입구를 향해 한 걸음 한 걸음 옮겨갔다.

성당 입구 벽에는 페인트가 갈라지고 말라비틀어져 있었다. 성당 안으로 들어서자 텅 빈 내부는 갑자기 귀가 먹먹해질 정도로 적막 그 자체만이 자리를 지키고 있었다. 축축하고 퀴퀴한 냄새가 제일 먼저 그의 얼굴을 어루만졌다. 성당 안은 푸르스름한 어둠이 사방에 깔려있어 섬뜩했으나 그를 앞서간 희미한 빛 한줄기가 어둠에 흔적을 남기는 바람에 이내 내부가 서서히 모습을 드러내기 시작했다.

드넓은 천장, 현란한 마룻바닥, 황토 대리석 기둥, 천사가 그려진 프레스코 회랑, 어렴풋이 보이는 대리석 계단 그리고 한줄기 햇살이 비치는 스테인드글라스 창문은 오랜 친구처럼 편하게 이곳의 분위기를 대변하는 듯했다. 특히 강단 옆에 있는 피아노 건반이 하얀 이빨을 드러낸 채 반갑게 그를 맞이하는 것 같았다. 그러나 구석구석 거미줄에 백발처럼 대롱대롱 매달려 있는 먼지 덩어리는 어둠 속에 좌초된 채 서늘한 한기와 함께 을씨년스러운 분위기를 연출하고 있었다.

평소 성당 미사에 참석한 사람들의 왁자지껄한 모습들은 어디서도 찾아볼 수 없었다. 성당 안 중간 좌석에 오직 한 사람의 실루엣만 눈에 띄었다. 어둠이 눈에 익으면서 텅 빈 바다의 외딴 섬처럼 어둠 속에 서서히 모습을 드러낸 노신사의 뒷모습은 그토록 제임스 박사가 찾아 헤맸던, 세상 뒤에서 온갖 음모를 꾸미고 있다고 신앙처럼 믿고 있는, 악마의 화신인 루벤 박사가 틀림없어 보였다. 드디어 천신만고 끝에 그를 찾아냈다는 설렘에 제임스 박사의 가슴이 쿵쾅거리며 방망이질을 시작하더니 온몸에 짜릿한 전율까지 일었다.

그가 루벤 박사가 앉아있는 쪽으로 찬찬히 발걸음을 옮기자 낡은 나무 바닥에서 나는 삐거덕거리는 소리가 성당 안을 끔찍하게 휘돌며 메아리쳤다.

제임스 박사는 마음을 진정시키고 조용히 뒷자리에 앉았다.

"안녕하십니까, 루벤 박사님?"

제임스 박사가 헛기침을 한 후 그에게 먼저 인사를 건넸다.

루벤 박사는 생각지도 못한 손님이 찾아온 모습에 적잖이 당혹스러워하는 표정을 지었다.

"지난번 산마리노 바이러스 연구소에서 만났던 분이시군요."

그는 차가운 미소 뒤에 숨어 표정이 잠시 일그러졌다. 그러고는 제임스 박사에게 시선을 거두지 않은 채 그의 체구와 잘 어울리는 중저음의 목소리로 말했다.

"예, 맞습니다."

"그런데 이곳은 어쩐 일이시죠?"

그는 매서운 눈초리로 제임스 박사를 살폈다.

"이곳에 왔다가 우연히 성당에 들어왔는데 어디서 굉장히 낯익은 모습에 이렇게 인사를 드리는 겁니다."

제임스 박사는 망각 속에서 길을 잃은 것처럼 잠시 망설이다가 말을 꺼냈다.

루벤 박사의 얼굴은 당혹감에 불그스레해졌다. 그는 제임스 박사가 자기를 계속해서 추적하고 있다는 사실을 이미 알고 있는 듯 묘한 표정을 지어 보였다.

그는 좌석에서 일어나 오른쪽으로 방향을 틀어 창가로 걸어 갔다. 제임스 박사도 그와 보조를 맞추며 창가로 따라갔다.

넓은 창문을 통해 펼쳐지는 성곽의 모습은 전신을 압도하고도 남았다.

"나에게 질문 사항이 꽤 많은 것 같은 모습이네요?"

그는 뒷짐을 지고 창문을 바라보다가 불편한 침묵을 깨기 위해 그와 약간 떨어져 서있는 제임스 박사를 돌아보며 말했다.

"아, 예……."

"그럼 이쪽으로 오세요. 창문 밖 풍경이 대단해요."

"예, 알겠습니다."

제임스 박사는 잠시 말을 끊은 후 그의 옆으로 한 발 더 다가 갔다.

잠시 서먹서먹한 기운이 두 사람사이를 감돌고 지나갔다.

루벤 박사의 최후 경고

성당 창문에서부터 굴절되어 들어오는 한 줄기 빛이 어둠 속에서 루벤 박사의 모습을 또렷하게 드러내었다.

"이번 코로나 바이러스를 COVID-19로 부르는데 그 뜻을 정확히 알고는 계신가요?"

루벤 박사가 창가에 서서 오랜 세월동안 단련된 냉정함을 가지고 그에게 진지하게 물었다.

"코로나 바이러스 질병으로 알고 있습니다만……."

"메모지 좀 있으면 주세요, 내가 적어줄게요."

그의 요청에 제임스 박사는 주머니에서 메모지를 꺼내 그에게 건넸다.

그는 찬찬히 메모지에 적어 내려갔다.

COVID - 19

Cristo Te 그리스도가 네게

Ordena Que Seas 명하노니

Valiente y Que No Te 담대하고

Inquietes Porque 놀라지 말라

Dios esta Contigo 주님께서 너와 함께 하시느니라

(1:9, JOSUE) (여호수아 1장 9절)

"이런 심오한 뜻이 있었네요?"

제임스 박사는 메모지에 시선을 고정시키더니 이내 놀라는 표정을 지었다.

"구약성경 역대하 7장 13~14절 내용을 혹시 기억하시나요?"

"……"

제임스 박사가 침묵을 지키자 그는 다시 메모지에 성경 구절을 써내려갔다.

…… 혹 전염병이 내 백성 가운데에 유행하게 할 때에…… 스스로 낮추

고 기도하여 내 얼굴을 찾으면 내가 하늘에서 듣고 그들의 죄를 사하고 그들의 땅을 고칠지라(역대하 7장 13~14절)

"중세에 하느님 이름으로 면죄부를 팔았던 교회의 부패상이 이 시대에 다시 만연하자 성경에 예견한 것처럼 전염병을 통해 심판을 내리는 것은 아닐까요?"

"소름이 끼치네요."

성당 중앙의 거대한 십자가에 못 박힌 예수가 그에게 말을 걸어 오는듯했다.

"80nm(1nm는 천만분의 1cm - 편집자 주) 크기의 바이러스는 세포막도 없이 오직 단백질 껍질에 DNA나 RNA 같은 유전물질로 이뤄진 미생물이며 증식 속도도 엄청나다는 것은 알고 계실 것이고⋯⋯."

"전 세계 76억 인간들에게 몰고 온 충격은 과히 수소 폭탄이 떨어진 것과 같은 정도의 큰 충격입니다."

"인간의 역사 속에서 바이러스는 끊임없이 진화하며 그들의 역사를 만들어 갔죠⋯⋯."

잠시 대화가 끊겼다.

"이번 COVID-19로 스페인 공주가 사망하고 모나코 국왕, 영국 왕세자, 영국 총리도 양성 판정을 받았던 사실을 어떻게 받아들여야 할까요?"

그가 제임스 박사에게 물었다.

"글쎄요……."

제임스 박사는 그가 무엇을 물어 보는지 몰라 머뭇거렸다.

"역사를 돌이켜보면 전쟁, 질병, 자연 재해로 많은 사람들이 사망했어요. 이번 COVID -19는 노령사회로 병들고 있는 지구를 리셋Reset하는 과정으로 봐야겠죠."

"전 세계가 사람들의 이동을 제한하니까 환경오염이 급격하게 줄고, 길거리에는 동물원에서나 볼 수 있는 동물들이 자기 세상인양 어슬렁거리며, 평소 공해 때문에 보이지 않던 산봉우리들이 선명하게 우리 눈에 보이게 되고……."

"이번 COVID-19 사태를 통해 전염병뿐만 아니라 개개인의 삶과 인간관계가 사라진다는 사실이 더 무섭게 느껴지죠?"

그가 빠른 속도로 다시 물었다.

"예, 평소 익숙했던 일상이 낯설게 느껴지고 누군가를 만나는 것도 두려워요."

"이번 사태의 요점은 바이러스에 대한 인간의 근원적인 공포와 생존 본능으로 압축되죠."

그는 숨을 고른 후 계속해서 장황하게 말을 이어 나갔다.

"너무 끔찍한 이야기입니다. 빌 게이츠 역시 이번 COVID -19 사태를 '올바른 교정자'로 보고 있다고 하던데요?"

제임스 박사가 정색을 하며 물었다.

"그 양반, 나랑 비슷한 생각을 하고 있나보네요."

루벤 박사는 눈빛을 번득이며 말했다.

"무슨 뜻이죠?"

열심히 그의 말에 귀를 기울이던 제임스 박사가 되물었다.

"이번 사태가 우리에게 교훈을 준다고 생각되지 않아요?"

그가 다시 물었다.

"그러기에는 전 세계적으로 너무 희생이 큰 것 같아서요."

"'스페인 독감' 때에는 수천 만 명이 죽어 나갔어요."

"역사는 돌고 도나봅니다."

"20세기 최악의 전염병으로 꼽히는 '스페인 독감'이 유럽에 창궐했을 때 이슬람과 기독교 세력의 접점인 스페인의 서부 요새 도시인 '사모라'에서 유난히 사망자가 많이 발생했죠."

"그 이유는 감염이 확산되는 중에 이 도시의 가톨릭 주교가 행정 당국의 집회 금지에도 불구하고 신의 자비를 호소하는 집단 미사를 강행했기 때문이에요."

"당시 신자들은 매일 성당에 촘촘하게 앉아 미사를 드렸는데 독감이 더 빨리 퍼지는 줄도 모르고 '신의 가호로 이 고통을 끝내게 해달라'며 울부짖었어요."

"최근에도 미국 내 주요 확산지 중 하나로서 지목된 곳은 다름 아닌 뉴욕 주 맨해튼 인근에 있는 한 유대교 회당이었고, 말레이시아에서는 수도 쿠알라룸푸르에 있는 한 이슬람 사원이었습니다."

"한국에서도 유사한 사례가 있었습니다."

제임스 박사가 덧붙여 말했다.

"이번 COVID-19 사례에서 보듯 사람들은 절대적 한계 상황을 절감하면서 더욱 더 종교에 의존하는 경향을 보이게 되죠."

"예, 맞습니다."

"알베르 카뮈의 [페스트]에 등장하는 '파늘루 신부'는 하나님이 흑사병을 통해 인간의 죄를 심판한다면서 '회개하라'는 설교를 했었죠."

"종교의 자유와 공공의 안전 사이에서 많은 것을 생각하게 하는 사례네요."

"판단하기 참 어려운 부분이죠?"

"다리가 아프니 좌석에 앉아서 이야기 합시다."

"예, 그러시죠."

두 사람은 좌석에 앉아 다시 대화를 계속해나갔다.

"전염병이 눈에 보이는 현상 말고도 왜 무서운지 알아요?"

그가 제임스 박사에게 물었다.

"전염병으로 전 세계가 시름시름 앓다보면 모든 국가가 극도로 예민해지죠."

"그럴 수도 있겠네요."

제임스 박사가 고개를 끄덕이며 말했다.

"아주 사소한 문제로도 국가 간에 분쟁이 야기될 수 있어요."

"그런 일이 있으면 안되죠."

"사람들은 항상 국난에 처했을 때 군국주의, 민족주의 또는 국수주의를 부활시켜 여론을 돌리기 위해 테러나 전쟁을 일으키곤 했어요."

"하긴 이 지구상에 한참동안 국가 간에 큰 전쟁이 없었네요."

심각한 표정을 한 제임스 박사가 말했다.

"전쟁은 인류가 살아가기 위한 필요악이에요. 다른 시각에서 보면 전쟁도 인간 삶의 한부분이기 때문이죠."

루벤 박사의 말은 끝이 없었다.

"루벤 박사님! 그런데 미국 남북전쟁이 발발한 이유가 무엇이라고 생각하시나요?"

"……."

그는 가만히 제임스 박사의 말을 듣기만 했다.

"당시 로스차일드 같은 유대인 금융재벌의 손아귀에서 벗어나 미국이 독립적으로 성장하자 그들은 이간책을 사용했죠."

"남부와 북부를 노예제라는 프레임으로 분열시킨 후 전쟁을 일으키면, 남부와 북부모두가 그들에게 돈을 빌릴 것이고 결과적으로 누가 이기든 상관없이 그 돈의 굴레를 이용하여 다시 미국을 장악할 수 있다는 것이 그들의 계산이었죠."

제임스 박사는 잠시 말을 끊었다가 다시 이어나갔다.

"링컨 대통령은 당시 그들이 남부에 빌려준 거액의 전쟁비용을 무효로 한다고 선언하자 그들은 큰 손해를 보게 되었어요."

"결국 그들은 링컨 대통령을 암살하고 링컨이 추구했던 '그린

백Greenback'이라는 새 화폐 정책을 폐기하는 데 성공하게 되죠."

제임스 박사의 말이 갑자기 빨라졌다.

"이후 그들 마음대로 돈을 찍어낼 수 있는 화폐발행권을 골자로 하는 '연방준비은행법'이 통과되었고, 정부기관인 것처럼 포장한 '연방준비제도이사회'가 탄생하게 되고요."

"최근 미국의 예를 보더라도 양적완화 차원에서 천문학적인 달러를 마음대로 찍어내고 있는데, 이렇게 할 수 있는 기반을 이미 그들이 만들었죠."

루벤 박사는 이 질문에 대한 대답 대신에 눈만 껌뻑거렸다.

"지난번 산마리노 바이러스연구소 벽에 걸려있던 구절이 생각납니다, 박사님."

"'민족이 민족을, 나라가 나라를 대적하여 일어날 것이다(마태복음 24장 7절)'라는 구절 말인가요?"

"예, 맞습니다."

"루벤 박사님은 독실한 기독교 신자이신가 봐요?"

제임스 박사가 집요하게 물었다.

납덩이같이 무거운 침묵이 내려앉았다.

"몰타라는 나라를 생각하면 우선적으로 '몰타 기사단'을 떠오르게 하죠, 박사님?"

"그렇죠, 11세기 십자군 전쟁 때 시리아 지역으로 출정했던 '성 요한 기사단'이 로도스 섬을 거쳐 1530년 몰타 섬으로 옮겨 왔는데 그때부터 이 기사단을 '몰타 기사단'으로 불렀지요."

그가 도수가 높은 뿔테 안경을 고쳐 쓰며 제임스 박사에게 말했다.

"마치 역사책에 등장하는 비밀 결사조직의 성격을 띤 느낌이 들어요."

제임스 박사가 확신하듯 힘을 주어 말했다.

"그렇다면 그들이 이 세상의 구세주라도 된다는 말인가요?"

루벤 박사가 날카로운 목소리로 제임스 박사에게 반문했다.

"박사님! 마지막 질문일 수도 있는데요……."

제임스 박사는 잠시 뜸을 들였다.

"누군가 바이러스를 고의로 퍼뜨리고 세계 대공황을 야기시킨 다음 준비해 두었던 백신을 다시 전 세계에 팔고, 더 나아가 그동안 폭락한 주식, 부동산과 알짜 기업을 거두어들이려고 했던 것은 아니었을까요?"

"혹시 우리 바이러스연구소와 우리 가문을 의심하는 거요?"

루벤 박사는 침묵을 깨고 눈썹을 위로 치켜뜨며 신경질적으로 물었다.

"사실 우리 가문이 나폴레옹 전쟁 당시에도 돈을 많이 벌었다는 사실은 역사책에도 잘 나와 있어요."

"역사를 보면 대부분의 사람들이 합리적인 의심을 갖고는 있지만 그 진실이 밝혀지지 않은 채 그냥 묻혀버린 경우가 너무 많아요. 예를 들면 앤드루 잭슨, 윌리엄 해리슨, 재커리 테일러, 에이브러햄 링컨, 제임스 가필드, 존 F 케네디, 로널드 레이건 등 역대 대통령에 대한 암살과 피습 사건들이 이를 증명해주고 있죠."

"이 사건들에 대한 진실은 우리가 죽고 나서 언젠가 세상의 빛을 보게 되겠지만요……."

"그렇다면 혹시 그 뒤에 은밀하게 숨어서 조종했던 세력은 과연 누구일까요?"

제임스 박사가 정색을 하면서 그에게 물었다.

"글쎄요……."

"1929년의 세계 대공황, 히틀러의 등장과 세계대전, 민영 중앙은행 설립과 화폐발행권 독점 등 역사의 고비마다 '그들'의 탐욕과 다른 방향으로 세상이 흘러가면 수단과 방법을 가리지 않고 배후에서 조종해서 뒤집어버리는 '그들'이 사람 하나 죽이는 일 하나쯤 못하겠어요?"

제임스 박사가 쌓아두었던 이야기보따리를 한꺼번에 풀 듯 연이어 말했다.

"앞으로는 전 세계 사람들의 현금 사용을 점차 없앤 후, 사람들의 생체 인식 등의 개인정보를 등록한 컴퓨터 화면 하나로 지구촌 전체를 디지털 방식으로 파악하고 통제하는 방향으로 나아가겠죠?"

제임스 박사는 동의를 구하는 표정으로 계속해서 말했다.

"이렇게 되면 결국 조지 오웰의 소설 [1984]에 등장하는 '빅 브라더Big Brother'의 시대가 다시 재현될 수밖에 없죠."

"빌 게이츠 재단, 비자카드, 마스터 카드, 아마존 등 굴지의 세계적 기업들이 그 배후에서 이 프로젝트를 지원하고 있는 점이 이상하지 않나요?"

"그렇다면 그들이 얻는 것은 과연 무엇일까요?"

"하느님의 침묵이 언제까지 계속될까요?"

제임스 박사는 머릿속에 있는 수만 가지 질문을 다 토해내는 것 같았다.

루벤 박사는 수많은 질문에 대한 내답 대신에 혼자 고개를 가로 저으며 깊은 침묵에 빠졌다.

"역사에서 각종 전쟁을 일으켜 최대의 이익을 얻었던 '그들'이 현대 사회로 들어와서는 세계 대전과 같은 대규모 전쟁이라는 수단이 잘 먹혀들어가지 않으니까 10년 정도의 주기로 전 세계 경제상황을 조작해서 공포감을 불어 넣고는 주식, 외환, 원유, 부동산 시장 등을 흔들면서 그들이 원하는 이익을 극대화하려는 것이겠죠."

제임스 박사의 말은 결론에 가까워지고 있었다.

"제임스 박사! 앞으로 세계가 어떻게 변할 것 같습니까?"

루벤 박사가 쓴웃음을 지으며 무거운 표정으로 물었다.

"트럼프 당선으로 '반세계화'가 이미 시작됐는데, 이번 코로나바이러스 사태로 더욱 더 가속화될 것입니다. 이는 그동안 세계화로 인한 부작용에 대한 반작용이라고 할 수 있겠죠."

"허허허……."

제임스 박사의 말을 묵묵히 듣고 있던 그는 창밖을 바라보며 헛웃음을 지었다.

"내가 숙제 하나 내드리죠."

루벤 박사가 갑자기 눈썹에 아치를 그리며 말을 꺼냈다.

제임스 박사는 무슨 이야기가 나오는지 그의 입을 유심히 쳐다봤다.

"왜 우리 유대인들이 세상 사람들의 욕을 먹으면서까지 고리대금업에 종사하게 되었을까요?"

"……."

그의 질문에 제임스 박사는 잠시 망설이며 즉답을 피했다. 그 대신에 아직 다 마치지 못한 질문을 계속했다.

"역사 속 음모론에 단골로 등장하는 '그림자 정부', '엘리트 그룹', '프리메이슨', '삼각위원회', '일루미나티', '300인 위원회', '빌더버그 클럽'…… 이 중 어느 하나쯤은 박사님과 깊은 연관이 있겠죠?"

"내가 답을 알려주면 이번 COVID-19 사태의 배후에 대해서 과연 당신 능력으로 그 실마리를 풀어 나갈 수 있을까요?"

그는 신중하게 할 말을 고른 후, 제임스 박사의 말이 끝나기도 전에 심각한 표정으로 물었다.

제임스 박사는 날선 그의 질문이 무척 낯설었다. 비록 이 임무가 처음부터 불가능한 싸움으로 여겨졌지만 그래도 루벤 박사가 이번 코로나바이러스 사태와 모종의 연관성이 있다는 확신만큼은 갖고 있었다. 오늘 그와의 대화를 통해 그 심증을 더욱 더 굳힐 수 있었다.

"제가 마지막으로 한 말씀 드릴까요?"

루벤 박사의 눈썹이 활처럼 휘어지더니 이내 수수께끼 같은 복잡한 미소를 띠며 중저음으로 말했다.

신은 죽었다(Gott ist tot).

그러나 인간이 지금 상태에서 변하지 않는다면, 아마도 신의 그림자가 떠도는 동굴들은 수천 년 동안 계속해서 존재할 것이다.

"독일 철학자 니체의 저서 [자라투스트라는 이렇게 말했다]에 나오는 대목이죠."

"세상에는 어둠 속에서만 보이는 게 있죠."

"사람들은 진실 앞에서 다른 것을 믿을 준비가 되어있어요."

루벤 박사는 계속해서 말을 이어나갔다.

제임스 박사는 그가 한 말을 몇 번이나 곱씹으며 그 의미를 되새기고 있었다. 그러나 대화를 나누면 나눌수록 루벤 박사의 이야기에는 뭔가 합리화시키려는 궤변이 잔뜩 끼어들어있고 또한 이야기 마디마디에 대나무처럼 빈틈이 많다는 것을 느꼈다. 두 사람의 대화는 손익분기점에 도달한 듯 각자가 구축한 그들의 경계선을 좀처럼 넘지 못한 채 계속해서 빙빙 헛돌았다. 핵심 없는 말들이 그들의 시간을 갉아먹고 있었다.

이때였다.

딩동!

본부에서 메시지가 왔다. 이번에는 담당 과장이 아닌 국장이 직접 화상통화를 요구했다.

"아, 국장님, 안녕하세요?"

"제임스 박사! 그동안 소식도 끊고 몰타에는 왜 가있나요?"

특유의 거만한 몸짓을 하며 묻는 국장의 질문에 그는 적당한 대답을 찾지 못해 잠시 머뭇거렸다.

"아, 그리고 지난번 당신을 잠시 지원했던 제시카가 로마 주재 미국대사관으로 복귀한 이후 COVID-19에 바로 감염되어 병원으로 긴급 후송되었는데, 어제 밤 안타깝게도 사망했어요."

그가 대답도 하기 전에 국장이 먼저 말을 꺼냈다. 그는 국장의 이 말에 자신의 귀를 의심하며 소스라치게 놀랐다. 이내 가슴이 덜컥 내려앉았다.

그가 몰타에 온 사실을 아는 사람은 그의 최측근인 담당 과장과 이곳 현지 정보원을 제외하고는 아무도 없을 것이라는 생각이 무참히 깨져버렸기 때문이었고, 제시카가 COVID-19에 감염되어 사망했다는 소식 때문이었다.

"본부에서도 매우 아끼는 30대 중반의 유능한 요원이었는데……."

그는 망연자실해서 시선을 들어 허공을 바라보며 혼잣말로 뇌까렸다. 그러고는 거친 숨을 내뱉었다.

어깨 위로 찰랑거리는 숱이 많은 금발머리, 그리고 초록색 눈동자로 특징지어지는 그녀의 모습이 같이했던 추억들과 함께 밀물처럼 가슴속으로 파고들면서 자꾸 어른거렸다.

우리는 마치 '잃어버린 성궤'를 찾아 헤매는 영화나 소설 속의 주인공과 같아요.

그녀의 말이 생생하게 뇌리에서 떠나지 않았다. 그는 계속해

194

서 그녀와 공유했던 추억을 좇았다. 그녀에 관한 가랑비 같은 이미지와 환영들이 뒤엉켜 그의 머릿속을 정신없이 헤집었다. 특히 안도라를 떠나 이곳으로 오기 전에 그녀의 체취, 숨결을 오롯이 느꼈던 그 황홀한 밤을 기억해냈다. 그러나 이제 이 세상에 그녀가 없다는 상실감에 그에게 남은 흔적은 뭐라 형용할 수 없는 마음속의 동요뿐이었다. 반쯤 넋이 나간 그는 그녀의 환영이 사라질까 몹시 두려웠다.

이 임무와 관련해서 그동안 실종되었거나, 죽음의 문턱까지 갔었거나, 사망한 요원들 명단에 제시카의 이름이 더 추가되었다는 사실이 전혀 믿어지지 않았다.

"제시카의 사망원인이 단순히 COVID-19 때문이었을까?"

'은밀한 제국'의 실체를 캐면 캘수록 희생자가 계속해서 속출하는 상황이라 그의 의구심은 눈덩이처럼 커져만 갔다. 피할 수 없는 도도한 역사의 파도를 다 이겨내고 지금까지 건재한 '그들'이었다.

그가 충격으로 잠시 넋을 놓고 있는 사이에 화상 통화 화면이 잠시 눈에 들어왔다. 이내 현실로 되돌아온 그는 마침 화면에 국장의 왼손 손가락에 낀 금반지가 번쩍거리는 것을 보았다.

"어? 저 반지 어디서 많이 봤었는데……."

그는 이마에 손을 얹고 생각을 떠올리려고 노력했다.

"아……."

그가 가만히 기억을 더듬어보니 국장이 끼고 있는 금반지는 바로 옆에 있는 루벤 박사 그리고 지난 번 만났던 레옹 박사의 것과 똑같은, 박쥐 문양을 새긴 금반지였다. 그는 어두운 마음으로 국장의 금반지를 계속 쳐다보았다. 그의 뇌가 갑자기 멈춰버리며 모든 혈관 속의 피마저 얼어붙는 것 같았다. 갑자기 불길한 확신이 그의 뒤통수를 내리치는 듯했다.

"당신은 산마리노부터 이곳까지 계속해서 우리를 추적해왔고, 그것도 모자라 예부터 신성시하는 우리 가문의 심기까지 건드렸소!"

루벤 박사가 기다렸다는 듯이 갑자기 몸을 휙 돌리며 눈살을 찌푸린 채 냅다 소리쳤다. 그의 목소리는 메아리처럼 반향을 일으키며 성당 안에 넓게 퍼져나갔다.

"당신은 건너지 말았어야 할 루비콘 강을 이미 건너버렸소!"

경고가 담긴, 냉혹하고 날카로운 그의 목소리가 성당 안의 냉랭한 공기를 갈랐다. 마침내 베일을 벗은 그의 목소리는 몹시 흔들렸다. 이제 그의 의도는 명백하게 드러났다.

"지금 저 밖에 이곳으로 오는 사람들은 당신 편일까요, 아니면 내 편일까요?"

그가 침묵을 깨고 창밖을 찬찬히 살피며 제임스 박사에게 물었다. 창문을 통해 들어온 석양의 역광이 벌겋게 그의 얼굴에 떨어지고 있었다. 꿈에 나타났던 지옥의 악마 모습 그대로였다.

제임스 박사가 불안한 눈빛으로 창밖을 내다봤다.

승용차 타이어에 자갈 밟히는 소리가 요란하게 들리더니 검은 색 승용차 한 대가 성당 앞에 딱 멈춰 섰다. 마치 약속이라도 한 듯 검은 정장에 검은 색안경을 낀 네 명의 건장한 남자들이 승용차에서 차례로 내렸다. 그러고는 서둘러 성당을 향해 몰려오고 있었다.

제임스 박사는 점점 더 고조되는 긴장감과 함께 갑자기 온 몸에 소름이 돋으며 심장이 멎는 듯했다. 두려움과 당혹감이 뒤엉킨 제임스 박사의 시선은 루벤 박사에게 고정되었다. 그는 이 상황을 처음부터 이미 다 알고 있는 듯 불가사의한 억지 미소를 띠고 있었다.

제임스 박사는 루벤 박사와 관련해서 그동안 쌓아온 노력이 산산조각 나며 물거품이 되는 것은 아닌지 무척 두려웠다. 마치 숲 속에 설치해놓은 덫에 걸린 기분이었다. 그는 마른침을 꿀꺽 삼켰다. 침 넘기는 소리가 고요한 성당 안에 메아리가 치는 듯했다. 손바닥에도 땀이 흥건히 고이기 시작했다.

"내가 지금 꿈을 꾸고 있는 게 아닐까?"

제임스 박사는 고개를 좌우로 저으며 습관처럼 혼잣말로 중얼거렸다. 끝없는 어둠의 동굴 속으로 내던져진 느낌이었다. 비로소 주변의 소리와 사물들이 고유의 색깔을 지우고 있음을 깨달았다. 점점 세상과 자신과의 시간은 미완성 교향곡의 끝을 향해 마구 내달음질치고 있다는 사실을 그는 받아들여야 했다.

창틀에 앉은 비둘기가 거친 날갯짓을 했다.

성당 건너편 성곽을 가로지르는, 뱀같이 구불구불한 미로 같은 골목에는 땅거미가 가차 없이 내려앉고 있었다. 잔인한 4월의 지중해성 바람이 흙먼지를 일으키며 한바탕 골목을 휩쓸고 지나가고 있었다.

코로나바이러스 전쟁의 배후

은밀한 제국 1부

초판 1쇄 2021년 5월 14일

지은이   제임스리
펴낸이   최지윤
펴낸곳   시커뮤니케이션 (2014년 10월 20일   제 2019-000012호)
            www.seenstory.co.kr
            facebook.com/seeseesay
            seenstory@naver.com
            T. 031)871-7321
            F. 0303)3443-7211
찍은곳   현문자연
서점관리   하늘유통

ISBN 979-11-88579-65-5(03810)